JN318820

「綺麗な人」と言われるようになったのは、四十歳を過ぎてからでした

林　真理子

KOBUNSHA

光　文　社

「綺麗な人」と言われるようになったのは、
四十歳を過ぎてからでした

目次

劇場にはたくましく美しい人生がある

久しぶりで映画を見た。

このところ映画館に行くことが本当に少なくなった。あらかじめチケットを買っておくオペラや歌舞伎と違い、映画はふらっと街に出かけた時に見るものである。けれどもこの二時間という時間が、どうも私の一日の中にうまく入ってこないのだ。

対談の仕事があるため、毎週銀座へ出かける。仕事の終わり、ちょっと映画でも見ようかと思うのだが、タイミングがうまくいったことがない。結局は次にしよう、ということになってしまう。

誰かがうまいことを言っていた。

「映画とセックスはよく似ている。見始めると、見ずにはいられなくなるのだが、見ない習慣をつけると、見なくてもどうということがなくなる」

ね、なかなかうまいことを言っていると思いませんか。

さて、午前中で終わる仕事があったため、その後映画を見る心積もりをした。ヘアメイクの人も一緒に行きたいということで、二人で渋谷へと向かった。入ったところはおしゃれな映画館である。ところがこの映画館、とてもおっかないのだ。

エレベーターで上に上がる。するとフローリングピカピカの床が拡がっている。ここにモギリや売店があるのだが、ここから入れるわけではない。非常階段のような急なところを上がっていくのだ。

行きもイヤだったが、帰りはもっとイヤだった。床がつるつる滑るうえに、階段が急なのである。

「この映画館は、ピンヒールで歩くオバさんのことをまるっきり考えてないのね」

と私は毒づいた。

街にミニシアターが増えるのはいいことであるが、スニーカーやフラットブーツの若者のことしか念頭にない。

そこへいくと劇場の居心地のよさはどう言ったらいいのだろうか。歌舞伎座、オペラ専門の新国立劇場、サントリーホール、どこも私と馴じみの深いところばかりだ。私はどこのトイレがいちばん空いているか、ということまで知っている。お腹が空いた時はどうしたらいいのか。お弁当を食べるなら何を選ぶか、近くのレストランに何があるか、ということまで知っている。

私は劇場が大好きだ。先週などは、なんと三回行っていた。火曜日はサントリーホールでゲルギエフ指揮の「春の祭典」を聴き、木曜日は新国立劇場でオペラ「イル・トロヴァトーレ」を見た。そして金曜日は汐留に新しく出来た劇団四季の劇場で「マンマ・ミーア」というミュージカルを見た。まるで演劇評論家のようなスケジュールではないだろうか。

私は劇場が大好き。あの薄闇の中に身を潜め、物語の世界に入っていく喜びをどう言ったらいいのだろうか。

自分と全く違う場所に、とうとうと流れていくたくましく美しい人生がある。

劇場に行く楽しみは、これを見ることに尽きる。生きている人間が目の前で演じ、そのことを教えてくれるのだ。

私は出来るだけ多くの女性に劇場へ行って欲しいと思う。

たかがお芝居やオペラを見たからといって、それで知的な人間になるわけではない。しかし教養というのは、こういうものをひとつひとつ積み重ねていく作業である。興味を拡げ、そのために本を読み、人から話を聞く。そして自分の脳ミソと体が、ほんの少しずつ変わっていくのを確かめる。

ついこのあいだごく小さなピアノコンサートがあった。ピアニストの話も面白かったが、間近で見た指の動きが素晴らしかった。そしてこういうものがイイナ、と思える自分がちょっと嬉しい。

人間年とって嫌なことばかりでない。自分の頭の中で「好奇心」というものはすくすく育っているのである。そしてそういうものに水と肥料を与えるのは知性というものだ。

劇場によっては、オバさんばっかりのところもある。子育てを終わったオバさんたちが、グループで誘い合って商業演劇を見に来たのだ。

これも悪くないけれども、私は四十代こそ劇場に行って欲しいといつも考えている。忙しいのは分かるが、一ヶ月か二ヶ月に一度、家を出ることくらい何とか出来るだろう。

——この世には自分とは違う人生が流れている——

このごくあたりまえのことが理解出来ればいいのだから。不倫もあるし、破局もある。自分の欲望がディフォルメされているようで恥ずかしく見ることもある。劇場の暗闇は、女の目盛りをあげる。私はそう信じている。

「田舎の茶髪」と「都会の茶髪」。違いは必然性と努力である

つい最近、久しぶりに髪を栗色に染めた。しばらく黒いままにしていた理由は、
①時々着物を着るから
②白髪染めと思われるのが口惜しいから
③あまりにも流行り過ぎてつまらなくなったから
などということである。今のように「老いも若きも」という感じになると、ちょっと鼻白んでしまう。女性ばかりではない。この頃では男性もかなり金髪に近い色にしている人が増えている。私はそれを見るたび、かなり腹をたてているのである。芸能人のように、容姿に恵まれている男性がするならわかる。しかし小太りの中年、着ているものもダサい男が、どうして髪を〝ダンタン君〟にするのだ。こういうものは、必然性というものがあるだろうに……。

こんなわけで私はこの一年はずっと黒いままにしていたのであるが、中年を過ぎて艶を失った髪というのはやはりわびしいものだ。ショートカットにしたついでに栗色に染めた。これが大好評だったのである。ふだんだったら、妻の外見、服装について全く構わない夫でさえ、

「そのくらい、髪は染めた方がいいよ」

と口にしたぐらいだ。

さて、私は時々田舎へ帰る。そのたびにこの町での茶髪率に驚くのである。ついこのあいだスーパーで福引きに並ぶ人たちを見ていたら、女性の八割ほどが茶髪であった。若い女性はもちろん、

「どうしてこんなオバさんまで」

と思うような女性まで、ちゃんと染めていたのである。それも白髪染めの類ではなく、かなり金髪に近いから、おしゃれでやっているのであろうが、ただ汚らしいという印象であった。

「それなりのことをするなら、全体にそれなりのことが必要だ」

というのは私がいつも心がけていることだ。バーキンを持つなら、カジュアルな服装の質のいいものでなくてはならない。それと同じように、茶髪にするのなら、他のものが必要な

のだ。

センスのいい服装。ぜい肉のない体。そして手入れのいきとどいた肌と髪でなくてはならない。言っちゃナンであるが、こういうことをちゃんとするのは、都会の茶髪である。

「田舎の茶髪」「都会の茶髪」と思い浮かべてみると、やはり必然性のあるのは都会の茶髪である。私は田舎のオバさんたちの、手入れのしていない、根本が黒い茶髪を見るたび、

「いったい、何を思ってこういう髪にしているのか」

と考えずにはいられないのである。これは自戒を込めて言うのだ。このところダイエットの先生が休暇をとっていて（すぐ人のせいにする！）ずっとだらけた生活をしていた。今では会う人十人が十人、

「あーら、リバウンドしたのねぇ」

と言う。久しぶりに会う人などもっと露骨に、

「あんなにお金と時間をかけて痩せたのに、アッという間だったわねぇ……」

などと言う。本人も「肉の重さ」を感じ始めている。中年過ぎると、あっという間に、腹や顎のあたりにやわらかい肉がついてくる。このあいだまでシャープだった私の顎の線はすっかり弛《たる》み、下から写真を撮られると二重顎になっている。

「ダイエット三年、デブ一月《ひとつき》」

などとつまらぬ格言を口にしたのだが、グラビアに載った写真を見て愕然とした。私があれほど嫌悪した「茶髪のオバさん」がそこにいるではないか。

洋服が似合うように、洗練された印象になるようにと染めた髪の効果はまるでなかった。これなら黒い髪の地味なオバさんの方がずっとマシではないか。

私は「茶髪のオバさん」を本当に憎むようになった。おしゃれをすること、流行の格好をするということは、「ハイ、ハイ」と手を挙げて、クラス委員に立候補することだと思うからだ。自ら進んでそういう場所に出ていくからには、義務というものが生じてくるはずではなかろうか。

このところ忙しくて、美容院に行く暇もない。ネイルサロンにも行かない。自分がひいちにちと小汚くなっていくのがわかる。オバさんというのは年齢のことではない。だらしなさと安逸に走り、何ら努力しない女のことだ。

が、パサパサした髪を自分でトリートメントすることにした。せめてここから始める。そして立ち直ることにしよう。

再びダイエットの先生が来るのはあさってである。

ニューヨークグリルのランチで目撃した中年女性のグループにショック！

新宿のパークハイアット東京の、ニューヨークグリルに行ったときの驚きを、今でも忘れることはできない。

五十二階から眺める夜景の素晴らしさに加え、インテリア、サービス、すべてが洗練されている。料理がアメリカ風で、あまりにも量が多過ぎるという声があるけれども、取り分けてもらうことも可能だ。何よりも、パンや野菜といった基本のものが本当においしい。

夜、何度かここを訪れた。デイトコースにも使ったことがある。デイトコースといっても、私もあちらも家庭がある身であるから、その後、部屋をリザーブして、ということにはならない。まことに残念なことであった。

パークハイアットのスイートは、対談でしばしば使うけれども、本当に素敵だ。特にバスルームの広さやしゃれていることといったら、ここで眠ってもいいと思うくらいだ。

いつも夜訪れていたニューヨークグリルに、ランチがあることを知ったのは本当に偶然であった。ある人と待ち合わせ、新宿で行くところがないので、たまたま入ったのである。

「予約していらっしゃいますか」

と聞かれ、していないと答えた。ランチにまで予約が必要とは思ってみなかったのだ。が、午後遅いことが幸いし、一回転した後の席に着くことが出来た。

私は知らなかったのであるが、ここのランチはものすごい人気なのである。なるほどと思うに、ビュッフェのいいところをうまく取り入れているのだ。

どんなに豪華なところであろうと、ビュッフェにあまりおいしいところはない。時間がたってしまうのと、たくさん盛りつける浅ましさとが、かなり味を落としてしまうようだ。

ニューヨークグリルでは、まず席に通された後、飲み物をゆっくりいただき、そしてビュッフェのテーブルに行く。ビュッフェはすべて冷菜だが、その豊富なことといったらない。

どこかの安いビュッフェのように、焼きソバやチャーハンということはもちろんなく、新鮮なサラダ類や、チーズ、テリーヌ、といったものがどっさり置かれている。これをたっぷりいただいた後、今度は注文したメイン料理をゆっくり食べる。最後は別の席に移り、今度は食べ放題のスイーツとコーヒーをいただく仕組みだ。一流のホテルのパティシエがつくるケーキやプリン、ゼリーといったものを見ると、女の人たちは目の色が変わる。これで四千九百円というのが、高いか安いかは考え方次第であるが、優雅なランチを食べる女性たちで、いつもすごい人気である。

秋晴れの午後、私は若い友人たちとランチを予約していた。テーブルに着いた時、アレーッと声をあげそうになった。夜、気づかなかったことが、昼間はあからさまになっているのである。

昼間のこととて、中年の女性グループが多い。ご存知のように、ニューヨークグリルというのは、一面のガラス窓から光がさんさんと入ってくる。その中で中年女性の一団はどうにもうす汚れて見えたのだ。

私は若く美しい人たちといるのを、本当によかったと思った。私ももし同い歳《どし》ぐらいのグループで来ていたら、やっぱり同じように見えたに違いない。

私は彼女たちを観察し続けた。流行からはずれた長めのジャケット、手入れはされないままの茶髪。そして何よりも彼女たちをくたびれて見せるものはよく磨いていない靴であった。太いヒールに土がついて白っぽくなっている。

そういう女性が、五人、六人とつれだって食事をしている。ふつうに見れば楽しそうな風景であるが、ニューヨークグリルはまぶし過ぎた。何ものもクリアに見えてしまう。私は中年になるというのは、本当に怖ろしいことだと思った。

ちょっとでも手を抜いた女たちの集団がいると、これほど目立ってしまうのである。

美しい中年のグループになるというのは、なんとむずかしいことなのであろうか。よっぽど身のまわりにお金と手間をかけ、緊張を持たなくてはならない。そもそも若い女性ならともかく、

「ツルんでいる」

という事態は、それだけで決して見よいものではないのである。

今、豊かな時間を過ごしているのは、たいていが中高年の女性だ。レストランでも劇場でも、ほとんどが彼女たちのグループによって占められている。ババっちいグループに入りたくはない。そもそも昼間見る中年グループは、美しくないのである。あのニューヨークグリルのランチに行ってから、心からそう思うようになった。

メールを始めてから知ったドキドキ後の空しさ

遅ればせながら、ケータイのメールにはまってしまっている。

ある男性にメール番号を聞いたところ、「ようこそ親指族の世界へ」という言葉と共に、彼のアドレスがファックスで送られてきた。

彼の他にも何人かとメールを交わすようになったのだが、密かに心を寄せている男性からそういうものを貰う喜びというのは、ああ、何年ぶりであろうか。

「いま新幹線の中から、これを送っているところ――」

などという文章があると、本当に胸がドキドキする。このあいだは一週間以上何の返事もなく、かなりがっくりきてしまった。が、夜遅く彼からのメールが届いたのだ。

「お返事をせずにごめんなさい。ケータイを忘れたまま出張に出ていました」

ああ、私のことを忘れていたわけじゃないのネと、胸を撫でおろしたものだ。

友人がしみじみと言った。

「ハヤシさん、メールをすると心が燃えますよ。本当に二人で盛り上がりますよね」

彼女の場合はまだ若く独身だからいいけれども、私の場合はどうしたらいいのであろうか。メールを交わしているうちに、確かにあちらもこちらも何だかその気になってくるのは事実だ。実は前からいいナと思う男性からデイトのお誘いもいただいた。

が、とても空しくなる。

「だけど、その後、いったい何があるっていうんだろう」

私は作家であるから「不倫がいけない」などという道徳観はまるで持っていない。もちろんいけないことではあるが、人の心を鎖で縛るわけにいかない、というのが私の持論である。しかし道徳観は持っていないが、美意識と客観性は持っているつもり。こんな弛んだお腹やぜい肉を見せるくらいなら、ずうっとプラトニックラブを通すつもり——などと私が言うと、

「そうよ、そうよ」

と同い歳の友人たちといつも盛り上がるのである。

ある雑誌のグラビアに、有名人の女性が出ていた。バツイチで五十になるけれども、いつも若い恋人がいるんだそうだ。

「ずうっと現役でいたいから」

と彼女は言う。外見だって若いでしょう、と言いたいらしいが、私には若づくりをしているだけとしか見えない。

同い歳の友人と電話で、そのグラビアについて話し合い、そして出た結論は、

「年をとってからのイロボケはみっともない」

ということであった。

「若い時よりもすごくモテてる」

とその女性は強調するが、それは下品な言い方をすれば、

「タダでやらせてもらえる」

ということではないか。金持ちの有名人女性なら、いろいろ特典は多いであろう。そういうことにどうして彼女は気づかないのか。

確かに四十代のはじめの頃、女はまだまだ美しい。色香も濃くねっとりとしてくる。これに知性が加われば完璧だ。中には黒木瞳さんのような奇跡のように美しい人もいる。

が、四十代の半ばを過ぎると、老いは体の方からやってくる。少々垂れてそれも色っぽかったバストが、やがて上の方がえぐれたようになる。寝たら全くの水平になるはずだ。つまり男の人とそういうことをする時、胸は少女のようにまっ平になる。その代わりお腹はぽっ

こり出てくる哀しさ。太ももぱんぱんに張っていたのに、ふにゃふにゃとやわらかくなってくる。

「こんな体、抱いたって男の人は楽しくも何ともないだろうな」

と私は考える。そのくらいの客観性くらいは持っているつもり。

若い頃、私はそれほど奔放というのでもなかったし、いろんなことに自信はなかった。けれども男の人とそういう風に持っていくプロセスはすっかり身についていた。初めてのデイトではちょっと酔って、暗がりでキスをする。ま、嫌いじゃないからいいかあ……。

計算しながらも、つき上げてくる大きなだらしなさに身をまかす楽しさ。いまの私にはそういうものが全くない。

いいナと思う男性とメールを交わし、少しずつ心を通わせて行くのが精いっぱいだ。たまにはデイトもするだろう。もし万が一、相手が私にそういう気持ちを抱いたとしても、きっぱりお断りするに違いない。だって弱味を握られるようなもんじゃないだろうか。

私は知りたい。四十代後半で、女優さんでもなく、典型的な中年の容姿を持っている女性たちで、そういうことを出来る人たちに聞きたい。

どうしてそんなに自信があるんですか。

いきつく先はどうするつもりですか。

ババシャツを自分に許した日、私の中で、何かが終わった

今年になってから、すごい風邪をひいてしまった。一月の二日に寒気がしてからというものの、二月の今日にいたるまで元気な日は全くない。その間、インフルエンザにやられ、高熱を発した。

全く体力がなくなったとつくづく思う。今まで寝込むほどの風邪というのは、人ごとだと思っていたのに、冬が近づくと、

「今年もまた……」

という恐怖感に襲われる。

外に行く時は厚手のタイツにババシャツが欠かせない。そのババシャツも、半袖から長袖になり、いつしかウールになっている。

以前外国製のかなり高い（二万数千円した！）ババシャツを着て電車に乗っていたところ、

ふと人の視線を私の吊革に感じた。顔を上げてみると、セーターも上着もずり下がり、ババシャツの手首のレースだけが、しっかり見えているではないか。外国製なので袖丈が長かったのである。あの恥ずかしさは、今でもはっきりと憶えている。

さて私の友人たちの間で話題といったら、連続ドラマの『年下の男』である。あの中で風吹ジュンさん扮する五十一歳の主婦が、若い男から突然ホテルに誘われるシーンがある。

「あんなことになっても困るのよねえ」

四十代の友人が言った。

「あの年だったら、絶対におへそまでのパンツにババシャツしてるはずだもん。急に誘われたら断るしかないわよねえ」

そう、ババシャツ。いくら最近はしゃれたデザインのものが出て、若いコが好んで着ているといっても、やはりあれはオバさんの象徴であろう。実はこのあいだまで、私が忌み嫌っていたものである。風邪と同じように、私とは無縁のものだと思っていた。

数年前まで私は日舞を習っていたが、着替え室で皆の驚きの声があがった。

「まあ、ハヤシさんって若いわねえー」

真冬であろうと、ニットの下はブラジャーだけだったのである。私よりやや年上の友人たちは、おしゃれで有名な人たちだったが、ババシャツはもちろん、矯正下着でしっかりとガ

ードしている。私はそれを見るたび、

「あんなものは絶対に身につけない」

と、固く心に誓ったものだ。

ところがふとしたことからババシャツを身につけたら、もう手放せなくなった。

「どうせ見る人もいやしないんだし」

と思ったあの日が、私の中で何かが終わった日であったろう。

電車の中の、女性誌の予告が目に入った。

「靴　香り　下着　現役の女でいるために欠かせないもの」

私は香水はあまり好きではなく、昔からつけていない。靴はものすごい数持っているが、あまり手入れをしない。履きつぶすタイプである。しかも下着ときたら、この二、三年はイトコがやっている通販のものを着ている。もはや現役は終わっている、ということであろう。

お正月、風邪をおして女友だちと香港に出かけた。バーゲンの最中、それこそ必死になって買い物をした。そのうちに友人二人が、

「私たち、下着をちょっと見たいけどいいかしら」

と言い出した。一人は三十代、一人は四十代のどちらも人妻である。

「まあ、みなさんすごいわ」

私は茶化した。

「非常時用のものをお買い求めになるのね。私はもうそんなこと起こらないからパスするわ」

私の言葉にみんながどっと笑い、ちょっと淋しい気分になる。

ついこのあいだのこと、クローゼットを整理していたら、ほとんど新品の下着が引き出し二つ分あった。どれもパリやミラノ、ローマで買ったものである。まるで工芸品のようなシルクのシュミーズ（私はスリップという言葉が嫌い）、ラベンダー色のブラジャー、深い紺色のラ・ペルラのキャミソールなどが出てきたのである。

これを買いためていた頃は、私にも「非日常」、言いかえるとドラマが起こると信じていたのであろうか。今とてもそれを信じていたい気がする。が、この寒さはどうしたらいいんだ。風邪をいったいどう治せっていうのだろう。

三年前のこと、真冬の食事会に友人がノースリーブで現れた。当時冬ものの袖をちょん切ってノースリーブ風にした服が流行っていたのだ。私より年上だが美人の彼女にはよく似合い、夫などは、

「冬にカッコいいな」

と感心したが、その直後彼女が高熱で倒れたと聞いた。だから言わないことじゃない、と密かに思った私は、イヤな性格かしらん。

糟糠の社長夫人たちの堂々とした宝石、素直にカッコいいと思う

四十歳になってから、私は少しずつ宝石を身につけるようになった。このあいだ吉永小百合さんが、二度目の受賞をなさったことで話題になった、ダイヤモンド・パーソナリティ賞などをいただいたことも大きい。

といっても、これらの賞品以外にたいしたものを持っているわけでなく、ダイヤのプチネックレス、パールといったものが中心である。結婚の時、ウェディングドレス用に買った上等のパールネックレスは、この頃とても重宝している。モード系の服を着ても、これをつけると、全体がとても落ち着くのだ。私もそういう年齢になった。

あれは三十代初めの頃である。ユーミンと小林麻美さんと三人で、ランチをとることになった。しかも場所は飯倉の「キャンティ」である。

四十代の女性ならば、あの頃の小林麻美さんが、ファッションリーダーとしてどのような

地位を占めていたか思い出せるはずだ。しかももう一人は、女王ユーミンである。ちょっとした仕事の打ち合わせだったと思うが、この時の私は、もう緊張しまくり、どの服を着ていくか何日間も悩んだぐらいだ。

そのランチの席で、私は小林さんの左手のくすり指に、大きなダイヤの指輪がはめられているのを発見した。エンゲージリングではなく、アクセサリーとして、見事なダイヤを身につけていたのだ。ブリリアントカットのその白い輝きは小林さんにぴったりで、私はうっとりと見つめたものである。

「宝石イコール成金オバさん」

というイメージが失くなったのはその時だ。

つい先日、とても豪華なディナーパーティーに出席した。宮さまもいらっしゃったチャリティ形式のものだ。その時の女性たちの宝石が凄かった。私などとうてい身につける財力も度胸もない、ルビーやサファイアといった大きな色ものが胸や耳、腕を飾っている。五十代や六十代の女性たちが、こういう宝石を堂々と身につけているのは、圧倒されるような迫力がある。よく似合っているのだ。

何人か紹介していただいたのだが、苗字を聞けばすぐにわかるような、企業オーナーの奥さまたちであった。

この頃わかったことであるが、力ある男性の夫人には三つのタイプがある。ひとつ目は出世したサラリーマン社長の奥さん。ごくふつうの男性と結婚したつもりなのだが、大があれよ、あれよと会長や社長にのぼりつめてしまった。こういう方の奥さんはたいてい慎ましく地味である。夫がどうあろうと、自分は社宅時代のことを忘れまいという、日本の伝統的な美風にあふれているかのようだ。とても感じのいい方が多い。

二番目のタイプは、由緒あるオーナー企業の奥さまたちだが、こちらはとても華やかで美しい。○○家と、誰でも知っているおうちに嫁ぐような方は、もともとご自分が名門の出だ。おしゃれも年季が入っていて、よく女性誌のグラビアを飾ったりする。

そして私がこの頃注目するのは、三番目のタイプ。ご主人が一代で財をなしたオーナーの夫人だ。

このタイプはご主人と一緒に努力したタイプであるから、クセもアクもあるが、その分個性的で面白い。ご自分が新聞やテレビの広告に登場する、ホテルチェーンの女性社長が典型的なこのタイプだ。そして宝石がお好きで、似合うのもこの方々だ。

時々パーティーなどで、そうした夫人の胸に何カラットもするようなダイヤや、ヒエーッと叫びたくなるようなルビーを見ることがある。あれは長年にわたって努力をされたことに対する、ご主人からのごほうびなのであろう。いや、それ以前に自分たちで好きな宝石を買える立場にあの方たちはいるのだろう。私は素直にカッコいいと感嘆する。

アメリカにはトロフィ・ワイフという言葉がある。富と名誉を手に入れた男性が、自分の人生の〝トロフィ〟として新しい妻を手に入れることだ。この場合の妻は、必ずしも若くはない。社交を取り仕切らなくてはならないので、三十代が多いと聞いた。が、美しくて知的、洗練されていることはいうまでもない。

この名称は十数年前からアメリカで使われていて、私も時々エッセイに書くのだが、日本では少しも拡まらない。

「どうしてでしょうか」

とある財界の方にうかがったら、

「日本社会の男はね、糟糠の妻を捨てる男を軽蔑するからね」

ときっぱりおっしゃった。愛がなくては一緒に生活できない、というアメリカ式はもっともだが、宝石が似合って堂々としている日本の糟糠の妻たちも、かなりいいもんだと思うがどうだろう……。

クローゼットを開けて、好きなブランドについて考えてみた

靴の棚を整理していたら、買ってきてそのままのフェラガモを五足発見した。まだ箱に入ったものだ。

黒とベージュという基本色であるが、三、四年前のものなのでヒールが太く短い。トゥも丸っこくて今のものとは違っている。

かなり迷ったのであるが、スウェードのフラットシューズを一足残し、後は田舎の従姉に送ることにした。

女性というのは、相手の服装を大まかに見て判断をし、ディテールで点数の増減をする。靴の重要さはいうまでもない。私は最近のファッション誌を見るたびにため息をつく。どうしてみんな、こんな細いキリのようなヒールで歩けるのだろうか。どうしてみんな、素足でサンダルといった格好で、長時間いられるのだろうか。

私はモード系というほどではないが、いわゆる肌色のストッキングは拒否するタイプ。あれをはくと、もろコンサバ系の仲間入りをするからだ。だいたいスリーシーズンとおして、黒か浅いベージュのタイツにしているが、本当に困惑するのが夏の脚対策である。

中年になると、かなり手入れをしていても踵はカサカサしてくる。脚だって白く生っちょろく、若い人のようなハリがない。そういうものを見せていいものだろうか。またキリのような九センチヒールをはくのもどうしたものであろうか。

ファッション雑誌の編集者に相談したところ、中年の夏は三つの方法しかないということになった。

①いくら暑くても我慢してタイツをはく。
②いっそパンツですごす。これなら素足でも平気。
③メッシュにする。

私は③を選びとり、夏はメッシュで過ごすことにした。お座敷に上がったりする時、ペディキュアが透けて見えるのがいい感じである。あとヒールの高さは三センチ、せいぜい五センチにするが、これはうんと細くしトゥも流行の形をはずさない。

「もうちょっとだけ着られるかも」「平気、平気。誰も見てないってば」

この二つの心が、女とおしゃれとをどんどん切り離していくことを、私は充分身をもって知っている。昨年、おととしのものを着まわしていきながら、全体の色調は今年にするためには、やはり大物は二、三点押さえておくべきだろう。私はつい先日、ジル・サンダー青山店で、クリーミィなオフホワイトのジャケット、ベージュと白のパンツを一枚ずつ買った。この他にも小物をたくさん。

そして私は、帰りにコム・デ・ギャルソン青山店をのぞく。私のメインブランドはジルなのであるが、ここのお洋服も時々は買う。着る、のではなく買うのである。

友人で五十代のアーティストは言う。

「着ようと着まいと構わない。とにかく青山のコム・デ・ギャルソンに入って、洋服を買うんだ。そうして最先端の空気をたっぷり吸うことが大切なんだよ」

私はコム・デの中でも、おとなしめでふつうに着られそうなものを選んで、手持ちのものを組み合わせようとするのだが、たいていはうまくいかない。たとえ白のTシャツであっても、あそこのものは強烈な個性を持っているからだ。そして時々は、

「へぇー、これ面白い！」

と、コレクションに出たような最先端なのも買ってしまう。こういうものはクローゼットでしばらく眠った後、親戚の若い女の子のもとへ行く運命となる。けれども私は、これからもコム・デを買い続けると思う。

そしてもうひとつ別の、イレギュラーブランドが、ヴァレンティノである。

あまりの値段の高さにずっと敬遠していたのだが、ある時海外のバーゲンで買うことがあった。全く驚きであった。体がほっそりとカッコよく見えるのである。カッティングの魔法であろう。後ろを見てもヒップがずっと上の位置にあるではないか。

それからワンシーズン、スーツを一着買うようにしているのであるが、ここのを着ていると、とにかく皆に褒められる。「勝負服」といおうか、男の人と二人きりで食事という時はこれに決めている。心の持ち方がいつもと違うのである。それよりも大切なことは、二キロ体重が増えると、ここのスーツはボタンがかからなくなる。そういう意味でも女としての心構えを持たせてくれる服だ。そして時代をいつも教えてくれるコム・デの服。両極端のこのふたつのブランドは、レギュラーとは違った意味で本当に大切なもの。緊張もするし、お金もかかります。

若さがもてはやされる仕事にこそ、女としての生き甲斐がある

連休中、夫は海外出張でずっと留守であった。

「うるさいのはいないし、泊まりがけで遊びにおいでよ」

と声をかけたら、親友のA子が来てくれた。彼女はなんとこのあいだまで、香港に赴任していたのであるが、SARSが拡がる前、三月に帰ってきたという運のよさである。私と同い歳で、短大を出た後キャビンアテンダント（CA）になった。その後、教官、マネージャーと確実に昇進していき、今はかなり重要なポストらしい。もう彼女ぐらいの年齢だと、同期はほとんど残っていないようだ。

「私は要領が悪かったから、今はこうしてひとりでいるわけ」

うちのワインセラーを開けては、ひとりで一本空ける彼女はちょっと酔っぱらって言う。

けれどもこの年齢の女というものは、本当に「泊まらせ甲斐」がある。若い親戚の子が

時々やってくるが、こちらが夕食の仕度をしても後片づけひとつしない。汚れた食器がテーブルの上にあっても、手ひとつ動かさずテレビを見たり、雑誌をめくったりしている。ところが四十代の女となると、たとえ独り暮らしでも、いろいろと気がつく。こちらが帰ってくる頃には、キッチンはピカピカにしてくれているし、洗たく物も干してくれているのだ。

「今からでも遅くないかも。後妻のクチがあるかもよ。よく後妻で、すっごい金持ちやエリートと結婚する人いるじゃん」

とからかったところ、

「私、もう結構です」

と、即座に言われた。

「あなたを見てると、朝早く起きてお弁当つくって子ども幼稚園連れてって、夜はあんなにいうこと聞かないコを絵本読んで寝かしつけて、その後仕事して……。私、こんなしんどいこと出来ないわ。私、結婚しないでよかったアって、つくづく思ったわ」

おそらくこれは彼女の本音であろう。キャリアもここまでいきつくと、偏見を持つこともない。あとは出来上がった形を完璧にするだけなのだ。

ＣＡから始まり、航空業界でここまで生きてきたＡ子は、お世辞抜きですごいと思う。私も何人か若いCAを知っているが、長く勤めることなどまるで考えていない。若いうちに合コンに精を出し、有名人かエリートと結婚するつもりだと、はっきり口に出す者もいる。最近は結婚して子どもを持つCAや、再契約したかなり年がいったCAも多いとA子は言うが、それでも大半は若い時に辞めていくだろう。

私はかねがね、この国で未だにCA人気が高いことを不思議に思っていた。もちろん例外もあるだろうが、そう年とっては出来ない職業である。CAよりもはるかに人気の高い、アナウンサーにしてもそうだ。何百倍という競争率をかいくぐって採用されたとしても、「アナウンサー三十歳定年説」というのは根強く残っている。

私は仕事柄、対談で時々人気アナウンサーと会うことがある。さすがに多くの中から選ばれただけあって、美しいのはもちろん、聡明なことといったらない。ところがみんな三十代直前になると、退職していくのである。今どき三十歳でふつうのOLが辞めていく、などということがあるだろうか。

「どうしてもっと、みんな長く勤める仕事を選ばないんだろうか」

何年か前、あるスポーツ新聞社で、新入社員の研修会に出てくれと言われた。講演会が終わった後、役員のひとりが言った。

「入社直前に、女子社員にひとり辞退されたんですよ。スチュワーデス（当時はこう呼んでいた）に受かったからって。そりゃあ、うちよりスチュワーデスしてた方がずっといいでしょうけどねぇ……」

あら、そんなことないんじゃないですか、と私は答えた。スチュワーデスはせいぜい若いうちですが、マスコミの仕事はずっと長く出来ますもの……。

しかしこの頃私はやっとわかった。一生長く続けられる仕事に、実は面白いものはそんなにない！　ＣＡやアナウンサーのように、若さがもてはやされる仕事こそ、女としての生き甲斐がたっぷり詰まっているのである。三十歳になったらなった時のことだ。賢い女性だったら、その時に道をいっぱいつくっていることであろう。

人生は長い。だからこそキャリアを積むことを考えて、地道に仕事を選ぼう、などという考えはつまらなく退屈な人生の始まりである。口では何だかんだ言いながら、Ａ子は美しく洗練された女になっている。人生なんか入口はどうでも、その時一生懸命ならばそれでいいんだ。

再考「バーキンは女の貨幣である」論

新聞を見ながら夫が言った。

「世の中には八十万円もするハンドバッグがあって、そういうのを買うバカ女がいるらしいな」

あんたの女房も、そのバカ女のひとりだよ、という言葉をぐっと呑み込んだ。なにもサラリーマンの夫を刺激することはないだろう。

今でも多くの人から言われる。

「ハヤシさんって、本当に太っ腹ですね。テレビや雑誌の景品に、エルメスのバーキンを出したんですから」

あれは二年前のことになる。テレビの『おしゃれカンケイ』に出た時、司会者の古舘さんがおっしゃった。コレクションということで、私のバッグの一部をお見せしたのだが、その中の一個を指して言う。

「こんなに持っているんだから、一個ぐらいプレゼントしてくださいよ。このバーキンがいいなァ」

ちょっと惜しいと思ったが、私は次の瞬間叫んでいた。

「どうぞ、いいですよ。どうせ来月パリへ行くから、買ってきますから」

さすが太っ腹、などと褒めてくれる人もいたのであるが、たかがバッグじゃないか、と思う気持ちがあったのも本当だ。その少し前、「アンアン誌上バザール」で黒のバーキンを一個提供している。

が、この後、私は急にバーキンに固執するようになった。パリでも手に入らなくなったからである。もっともっと欲しい、という思いにとらわれ、パリに住んでいる友人に、

「とにかく店に出たら買っておいて頂戴」

と頼んでおいた。

多くの友人からもお願い、と言われる。そう、バーキンはみんなが欲しがるけれど、手に入れることが非常にむずかしくなってきている。

「バーキンは女の貨幣である」

と言ったのは私であるが、男にとってはほとんど意味をなさないものであろう。

全くバーキンとケリーについて、私は一冊の本が書けるくらい、色々なことを体験している。私が初めてパリのエルメス本店に行ったのは、今から十八年前のことである。その頃はふつうにバーキンもケリーも、ショーウインドウに飾ってあった。私はこの時、オータクロア一個にケリー二個を買ってくるという暴挙に出た。揚句の果、成田で税金を払えなくて、泣きたい思いをした。まだ価値も分かっていなかったのに、どうしてあんなことをしたのだろうか。

その後、ヨーロッパのさまざまな都市へ行くたび、ケリーを求めるようになった。その頃はバーキンよりもケリーの方が人気があったと記憶している。CAの友人と行ったスペイン・セビリアで黒のケリーを買ったのは十二年前。二十六万円であった。まだ円がとても強かった時代だ。CAの友人はしみじみと言った。

「ケリーはロンドンで買うのがいちばん安いと思ったけど、スペインの方が安いわ」

世界の物価はケリーで計るのだという、彼女の言葉がおかしかった。

八年前、イタリアを旅した時、フィレンツェの工房を訪ね、バーキン風クロコを買ったことがある。四十七万円というかなりいい値段であった。が、さすがに大きなクロコを持つのは抵抗がある。やっと持ち歩くようになったのは、四十代も半ばを過ぎた頃だ。が、嬉しいことに誰もが本物のバーキンと思ってくれるのである。

「すごいのね、クロコのバーキンなんて」

最近のこと、パリの友人がたまたま店に出ていたクロコのバーキンを発見したと電話をくれた。値段もすごかったが、日本に送ってもらった時の関税もすごかった。そして念願のクロコのバーキンを見て、私はえーっと叫んだ。例のナーンチャッテバッグと、金具以外ほとんど変わりないのだ。二個並べて秘書に、

「どっちが本物か？」

と尋ねたところ、

「まるっきり分かりません」

という返事で本当にがっかりした。

こんなこともあるから、私はケリーやバーキンについて、

「いいものだったから買ったら、たまたまエルメスだったの」

などという言い方は絶対にすまいと思う。エルメスのバッグが欲しかったから、頑張ってきたし稼いできた。見栄っぱりといえば確かに見栄っぱりであるが、いいじゃないか。自分で買った女も立派だと思うし、亭主や恋人に買わせた女も立派である。おしゃれなんか、九十パーセント見栄で成り立っているんだもの。

が、ひとつだけ言わせてもらうと、十八年前に買ったケリーやバーキンは、何度も磨きに

出して今も愛用している。有名ブランドで、二十年前のバッグが使えるところが他にあるだろうか。

先日も古いケリーを磨きに出しに、エルメス東京本店に行ったところ、バッグ売場に緑色のバーキンが入っていた。

「今日入ったところです」

東京でバーキンが買えるなんて珍しい。エイッとばかり買ってしまった。すると直後にまたパリの友人から、私の欲しかったケリーが届いた。アンティックのケリーにペインティングしたすごく可愛いやつ。しかしいくら私でも、二ケ月の間にエルメスバッグを三個買うことは出来ない。そして緑色のバーキンは、友人に譲ることにした。買った時と同じ価格で。

「バーキンは女の貨幣である」

銀ブラは、いつも緊張して

それほど人に自慢できることでもないが、私の特技に待ち合わせの場所を指定されると、コンピューター並の早さで近くのおいしい店を言うことが出来る。

「表参道のあそこだったら、ランチは〝ラ・マージュ〟でね」

「遅い時間に麻布十番なら〝かどわき〟にしましょう」

といった具合である。

けれども銀座はどうもうまく出来ない。長年東京に住んでいるのに、未だに並木通りからあづま通りまで、どう行ったらいいだろうとかなり考える。博品館はどこの通りかもすぐには言えない。銀座にはこれといってなじみの店もなく、誰かに連れていってもらうぐらいだ。夜も早いこともあり、歌舞伎座の夜の部を見た後は、いつもぐずぐずしてしまう。そして結局は、タクシーで青山や六本木に行くことになるのだ。

おそらく「銀座に行く」というだけで緊張してしまう——地方出身者の習性が未だにこびりついているのであろう。また銀座もそういう街である。青山へショッピングに行く時、私はパンツ姿が多いが、銀座に行く時はスカートにヒールを履く。たぶんこの街とは、一生ある距離をおくことになるだろうが、そんな街があってもいいような気がする。

幼い頃の記憶が強く残っているせいもあるだろう。ごくたまにであるが、上京して銀座に連れていってもらった。母から、

「お行儀よくしなさいね。甲府のデパートなんかとわけが違うんだから」

と何度も言われたものだ。デパートは広くて綺麗だと思ったが、よく連れていってくれる新宿の伊勢丹の方がずっといいと思った。今でもそうだろうが、中央線で来るものにとっていちばん馴じみがある都市は新宿である。ここは青春時代の思い出がいっぱい詰まっている。

反して銀座にはこれといって何もない。いつ行ってもひややかで、とっつきが悪い。銀座で感じのよくない店員さんに遭ったことが何度もある。私はめったにクレームをつけない人間であるが、人生で二度ほど「お客さま係」に電話した。そのどちらも銀座の店であった。はっきり言って、ソフトはそうよくないところである。が、それでも全体の印象はよい、という不思議な街だ。私のコースとしては「エルメス」をざっと見て、海外価格との比較、および新製品のチェックをする。高いものは手が出せないが、プレゼント用のタオルやらロー

ブは時々買う。そして運よくもらいものの商品券があったりすると最高だ。松屋か三越をのぞき、こまごまとしたものを買う。そしてまた時間があるようだったら、呉服の「志ま亀」さんも入ってみるが、着物を眺める時間というのは、ブティックにいる時とはまるで違う。それだけ日常生活からスパッと切り取られたようで、一時間二時間はあっという間にたってしまうのだ。

そしてもし予約が取れたら、お昼は天ぷらの「近藤」へ行くが、ここはなかなか席が取れない。そうなると「竹葉亭」か「福臨門」ということになるだろうか。

何度も言うように、私は銀座の飲食店を本当に知らない。知らないだけに、名店に行く時は気合いが入る。「ロオジエ」は年に数回しか行かないが、着ていくものもかなりグレードが高くなる。先日は着物にした。街にもTPOというものは確かにある。私は小汚い格好で銀座をぞろぞろ歩く人たちをほとんど憎んでいる。銀座は思わず振り返るほど美しい老婦人や、しゃれた帽子を被った紳士が歩いているが、これからも私を緊張させて欲しい。私にいつまでも、

「所詮自分はなんぼのもんじゃ」

と自戒の念を起こさせて欲しい。

あれは四年前のことになる。友人に誘われて評判のフレンチへ行ったところ、オーナーを

見てびっくりした。大学時代のクラスメイトではないか。医者のひとり娘で我儘いっぱいだった彼女も、いろいろ苦労をしたらしい。しっとりとした素敵なマダムになっていた。贅沢に育てられたことが幸いして、おいしいと評判の店をつくったのだ。二人で『銀座の同級生」という企画で、「銀座百点」という日本一有名なPR誌に出たこともある。

が、たとえ同級生の店でも、銀座のレストランは私にとって敷居が高い。取材の時を含めてまだ二度しか行ったことがないのである。

オヤジ趣味といわれても年下の女友だちはいいものだ

バブルの頃、異業種交流会、などというものが流行った。若い女性も人脈づくりのために、せっせと名刺を配ろうという趣旨だったと思う。

が、時代は変わり、何にも持っていない人間に、人は寄ってこないという事実に皆はやっと気づいたのではないか。私のことを考えても、若い頃はいつも仲間はずれにされるタイプであった。皆の中に入れてほしいと、おずおずと顔色をうかがうような女の子は、人からなめられても仕方ない。この私が中年になってからは、やたら友だちが増え、社交的と呼ばれるようになった。もちろん私の性格がよくなったわけではない。人が近づきたい、と考える程度の人間になった、ということである。

「どうしてそんなに友だちが多いのですか」

という質問にはこう答えることにしている。

「ワンシーズン着る服と同じで、友人の数も限界がある。そんなに何人ともつき合えるもんじゃありません。その代わり、一応自分のクローゼットに入れた人は、ちゃんと虫干しをしますよ」

「虫干しですか」

定期的にメールを打つ。電話をかける。時々は食事をし、お互いの存在を確認し合う、という風に、私は友人に関してはかなりのエネルギーを費やしているのである。若い時の自然発生的な友人と違い、中年になってからの友人は、やはり努力が必要だ。そうした中にあって、年下の女性とのつき合いは、非常に心地よく楽しい。

私は常時、五、六人の親しい女性がいて、彼女たちとしょっちゅう食事に行ったり、遊びに行ったりする。歌舞伎やオペラに行こうと思いたった時、私は必ずチケットを二枚買う。男友だちと行くこともあるが、たいていは若い女友だちだ。その後おいしいものを食べたり、ワインバーに出かける。昼からのお芝居につき合ってくれる女性なので、学生や家事手伝い、子供がまだいない若い主婦ということになる。中のひとりは私の熱心な読者で、ファンレターをくれたことがきっかけだ。宝塚の娘役の子もいて、退団したとたん、

「マリコさん、ヒマです。遊んでください」

というメールがよく入るようになった。彼女とは何かにつけて一緒に出かけていたのだが、

このところ売れっ子になって非常に淋しい。急に忙しくなりメールだけの仲になりつつある。

オヤジ趣味といわれてもいいけれども、私は若い女の子にいろいろな体験をさせるのが好きだ。「初めて歌舞伎を見た」「初めてフグを食べた」「初めて京都へ行った」と、彼女たちが喜んでくれるのが嬉しい。もちろんそういう表情を観察する物書きのイヤらしさもあるだろうが、私はとにかく若い女の子たちと遊ぶのが大好きなのである。

母親が娘に、自分の持っているものを与えたり、伝えたりするのはごく自然な行為であるけれども、そこにはエゴイスティックなにおいがつきまとう。そこへワンクッション入ることによって、とても素敵で軽やかな関係が出来ると私は考えている。

四十代の女性は〝子分〟を何人か持つべきだと私は思う。女の作家が編集者を従えて、プライベートな用事までさせるのは見苦しいが、ふだんから仲よく手なずけておいた若い子が、いざという時手助けしてくれるというのはカッコいいではないか。

私の実家の隣りは、母の実家にあたる菓子屋であった。別に旧家でも金持ちでもないが、祖母や伯母の勢力たるやすごかった。冠婚葬祭ともなると、〝子分〟がただちに駆けつけるのである。それは昔いたお手伝いさんだったり、親戚の若い女だったりする。みんな決してイヤイヤ来ていたわけではない。それが証拠には、用事が終わった後、お菓子を食べながら談笑し、なかなか帰らなかったものだ。

あの光景を懐かしく思い出す。家がもう少し広ければ、居候なるものをひとりふたり置いてみたいと思う。もっとお金があれば、若い芸術家のひとりやふたり育ててみたい。

四十代の女が、自分の持っているものをささやかでも次の世代、しかも全くの他人に伝えるというのは、実はとても簡単なことだ。友だちになって、まずご飯を一緒に食べ、一緒にどこかへ遊びに行けばいい。そして彼女たちからもたくさんのものを貰う。「若さに学ぶ」なんてイヤらしいものではない。たまには小言を口にしたり、年上ぶって説教を垂れる。相談ごとにのってやる。そうかと思うと二十代の子と笑いころげたり、一緒に胸をドキリとさせる。この心の収縮の感じが実にいいのだ。もちろん、いっぱいご馳走しましょう。

夜遊び自由な人妻セレブは、なぜ幸せに見えないのか

久しぶりにうんと派手なパーティーに出て、わかったことがある。

それは「遊んでいる」奥さんがいかに多いかということだ。真夜中までやっているパーティーでひときわ目立つ集団があった。最新のドレスに、身につけているものも高価なものばかり。若くはないけれども、お金をかけた美しさを見せびらかすかのように、肌の露出もすごい。有名人とも親しげに話して、

「あの人たちっていったい誰？」

と友人に聞いたところ、そのグループに連れて行ってくれた。みんな人妻ばかりである。もちろんご主人たちはお金持ちで、企業のオーナーだったりする。

東京の夜を彩るセレブリティの何割かは、こうした人妻だ。そして彼女たちの特徴は、ご主人の顔が見えないことである。

パーティーに「夫人」として出席している女性は、ご主人が傍らに立っている。カップルとして招待されている人妻の立場はわかるのだが、へえーと見入ってしまうのはこうしたにぎやかな人妻グループである。ご主人がたっぷりとお金を与えて、好き放題させてくれる女たち。子どももいるのだけれども、ベビーシッターがついているから、こうして羽日を外して夜遊びが出来るのだ。

この私など、好き放題しているようだがとんでもない。ふつうのサラリーマンのこうるさい男を亭主に持ったばかりに、そりゃあ努力してます。毎月のスケジュールを書いて提出し、予定外に遅くなろうものならネチネチ言われる。たまに泊まりの仕事があろうものなら、何日も前から機嫌をとらなくてはいけないのだ。

が、負け惜しみで言うようであるが、こうして夜遊びばかりしている女たちは、決して幸福そうに見えないのである。

ある時、うちの夫が友だちに誘われて六本木のクラブだかバーに行った。そこに友だちの友だちというグループが遊びに来ていたらしい。私は記憶にないのだが、そのうちのひとりの女性が、

「私、ハヤシさんに会ったことがある」

と夫に話しかけたらしい。私の友人のこれまた友人で、一回どこかで紹介されたという。

ってているらしい。ああいうのは問題だよなあ」

「だけど人の奥さんなんだぜ。子どもも二人いるらしいけど、しょっちゅう仲間と遊びまわっているらしい。ああいうのは問題だよなあ」

と、夫はぷりぷり怒っていた。うちの夫は確かに古くさい男であるが、この言葉はまあ理解出来る。私も男友だちとしょっちゅうご飯を食べに行く。その後バーで飲むこともあるというと、ふつうの奥さんたちにそれだけで驚かれる。

「私たち、男の人と知り合うチャンスもないし、男の人と二人きりでご飯だなんて考えられないの」

そういう健全な人妻をよく私はそそのかす。

「悪いことしてるわけじゃなし、男の人とご飯を食べるぐらいたまにはしなくっちゃ」

けれども私はまわりの女性たちに、深夜まで遊ぶのが素敵などと言うつもりはない。そんなことが出来る人妻はやっぱり不幸なのだ。

私の知っている三十はじめの人妻がいた。かなりの美人である。大金持ちの夫を持ち、彼女自身もお道楽程度の仕事をしていた。クロコのバーキンを持ち、シャネルスーツを着ている姿に、へえーっと思ったが、それよりも驚いたのが、彼女の人脈のすごさである。

芸能界に顔が利いて、スターの何人かと親友のつきあいをしている。作家、音楽家とも親交があり、そればかりか銀座のクラブママと一緒にパリに買い物に行ったりする幅広さだ。

芸能人たちとしょっちゅう朝まで飲んでいると聞いて、よく旦那さんが許しているなあと、人ごとながら感心していた。

　ところがつい最近、彼女が離婚したと聞いた。おそらく彼女は、魅力の何パーセントかを失ってしまうだろう。ある種の人たちにとって、人妻はプラスに傾きこそすれ、マイナスにはならないのだ。

　つい最近、どこかのクラブのママと一緒にいた彼女は、寂しげで疲れているように見えた。これは勧善懲悪の話ではない。家庭というものに制約や窮屈さはつきものだ。それを守りたいと思うからこそ、私たちは必死にヤリクリして、折り合いをつけて、自由な夜を手に入れようと思う。

　が、野放図にその夜が与えられたとしたら、本当に楽しいだろうか。夜遊びする女たちは、しんから夫に愛されていないような気がして仕方ない。にぎやかに騒ぐ彼女たちは、夜光虫のような美しさとはかなさがあり、それを傍らで見ている分には楽しいけれども……。

私は人前で、なぜジーンズをはかないのか考

洗い立てのTシャツをかぶり、ジーンズのファスナーをひきあげる。

おしゃれな女友だちはよくこう言う。大人になったら一万円以上のTシャツを買いなさい。そして一年以内は、ちゃんとクリーニングして着るのよ。私はまあこれを守っているだろう。二万円近いシンプルで上質なTシャツを買い、これはスーツのインナーと決め、大切にクリーニングして着ている。

それ以外は洗濯機でじゃかじゃか洗っているが、もらいもののTシャツは本当にうちの中だけに、やや高めのブランドTシャツは、外に出る時にと、はっきり差別をしている。

それはともかく、Tシャツを着てジーンズをはく時の爽快感というのは、他の服ではまず得られないものであろう。自分はまだ若い。まだまだいける、と鏡に向かって思う瞬間である。が、本人が思ってるほど、いけてはいないんですよね、私の場合。

洗面所の鏡にはウエストあたりしか映っていない。お腹もぐっとひっ込めているから、何か若そうに見える。が、見えるだけなのだ。下までは鏡に映らない。が、ジーンズの肝心の部分は、腰からヒップにかけてだということは誰でも知っている。

何年か前、ジーンズの後ろ姿を写真に撮られ、それこそ愕然としたことがある。お尻が下がっている、なんていうもんじゃない。完全に四角になっているのである。あれから人前でジーンズをはくのは絶対にやめようと決心した私だ。

仕事柄きちんとした服を着ることが多い私は、よくパンツスーツを着る。これはいい仕立てのものを選べば何とかなるとして、我ながら本当に似合わないのがカジュアルパンツの場合だ。今年の夏、コム・デ・ギャルソンの紺色のワイドパンツをうちでよくはいていた。これは若いスタイルのいい人が着ていると、適度なゆとりのあるシルエットで本当に素敵。けれども私が着ていると、夫から、

「柔道着着てんのか」

と茶々が入ることになる。

それではジーンズとかチノパンツはどうかというと、これも本当にさまにならないのだ。単にスタイルがいい、悪いというだけではない。私は若い人のパンツルックをつぶさに観察して、あることに気づいた。私のパンツの場合、あきらかに丈の詰め方が悪いのである。ブ

ーツカットの裾にかけてゆるやかなフレアが続く途中で、ばっさりと詰めてある。これは買うところに原因があると私は思った。

若い人ならジーンズやチノパンツは、国産のふつうのお店で買うだろう。サイズも豊富で、とことん自分の形を選べばいい。

けれども私の場合、カジュアルなパンツも外国ファッションブランドがたまたまつくったものを買う。あちらの人の脚の長さと、私たちのそれとはかなり違う。百六十六センチの私であるがかなり詰めてもらう。その際のカットの分量、フィッティングのやり方にかなり問題があるに違いない。つまり欧米人の女性の脚の長さを強調するためのフレアが、私の場合ばっさり分断されてしまうのだ……。これは上下だけではない、幅までもこと細かく指示しなければならない私の責任だろう。

かの川原亜矢子さんはおっしゃった。

「私はジャージーのスウェットを買う時も、いっぱいピン打ちしてもらいますよ」

私のアバウトな性格が、このパンツのきまらなさに集約してしまうのであろう。反省。

そんなことを考えながら雑誌を広げていたら安藤優子さんがグラビアに出ていた。最近専任トレーナーをつけて、ボディシェイプに励んでいるそうだ。私の知っている限り、四十代で白いTシャツとジーンズがいちばん似合う女性は安藤さんであろう。直にお会いしても、惚れ惚れするようなカッコよさである。

「だって私、シャツもTシャツも着るものみんな、自分で洗って、自分で一生懸命アイロンかけてますもの」

あの忙しい安藤さんが、と驚いたことがある。

若い人だったら、誰でもTシャツとジーンズが似合う。が、四十代になるとまれだ。自分では昔どおりに着こなしているつもりでも、やはりくたびれた印象は免れない。私が何年か前、女友だちとパリへ旅行した時、彼女が粋がっていつもジーンズ姿なのには閉口した。

「プラザ・アテネに泊まってる女が、ロビーでジーンズはちょっとねえ……。旅慣れない団体さんじゃあるまいし」

ヨーロッパだと特によくわかる。ジーンズ姿でゴージャスなのは、モデルかスターぐらいなものだ。四十代にとってジーンズ姿というのは、かなりの「うぬぼれ鏡」である。

オバさん口紅と完璧メイクの間で深く考えたこと

仲のいい女友だち数人と、食事をしていた時のことだ。

ヘアメイクの友人が、A子さんにふと言った。

「ねえ、ねえ、いつも赤い口紅つけてるけど、よっぽどうまくしないと、いちばん女が老けて見える色だよ」

A子さんは色っぽい美人であるが、流行を追うタイプではない。私から見ると、髪の色も明るすぎるし、口紅もいつも赤でワンパターンだ。

「中年になったら、真赤な口紅は出来たらつけない方がいいわよ。本当にむずかしい色よ」

職業柄ヘアメイクのB子さんは、かなり強い調子で言ったものだ。

「でもね、そうは言ってもねえ……」

と私が口をはさむ。

「いつも私、ベージュやコーラルピンクつけてるけどさ、こういうナチュラルな色も老けるのよね。なんかさ、全体的にくすんできちゃうの」

「それはハヤシさんがいけないの。メイクっていうのはすべてトータルだからね。アイメイクをきちっとして、ヌーディな色にすると映えるし今っぽいけど、ハヤシさんってふだん会うと、かなりお化粧手を抜いてるでしょ」

そのとおりだ。このところ朝のあまりの忙しさに、アイラッシュ、アイメイクを省略することが多い。ブラウンのアイシャドウをひと刷毛《はけ》して誤魔化している。シロウトとは言えないほど、撮られるのも多い私。手持ちの口紅は、撮影に使われたものだ。グラビア撮影でヘアメイクの人がついてくれる場合、気に入った口紅があると、必ず番号を控えておく。そしてデパートに行った際に、同じものを求めるのである。同じものを買えば、同じような効果があると期待するがそうはいかない。あっさりと大急ぎでした化粧に、ベージュの口紅を塗っても、鏡の中に疲れ果ててくすんだ中年女がいるだけ。プロのヘアメイクの手にかかると、あんなにキマった口紅なのに、やたら顔を地味にしているのだ。そうかといって、今度は赤味のあるものや、ピンクの濃いものをつけると、これも浮いていておかしい。唇だけが目立って、老けるし、流行遅れのオバさんといった感じ。

「いったいどうすりゃいいのよ」

私は愚痴った。

「毎朝一時間かけて化粧が出来るわけないじゃないの。そりゃあ、アイメイクをばっちりやれば、口紅もうまくのってくれるけどさ、とにかく時間がないのよね」

「でも、やってる人はちゃんとやってるのよ」

B子さんは澄まして言う。

が、これは私の個人的感想であるが、日常の場で、あまりにも化粧に手をかけているのはそう素敵なことだとは思わない。コスメ・フリークというのは、日本だけ、いや、最近は韓国も相当のものらしいから、アジアだけの現象のようだ。この後は私が書いた小説『コスメティック』からの受け売りであるが（あの頃はよく取材してたな）、欧米人の女性はほとんどファンデーションをつけない。せいぜいがマスカラぐらいだ。日本のように下地クリームから、コンシーラーまで注意深く塗りたくることはまずないのである。立体的な欧米人の顔と違って、平べったい私たちの顔は、陰影のつけ方や色味でかなり変わるためについ頑張ってしまうらしい。けれども中には、

「そこまでしなくても……」

と思うことがある。このあいだ会った女性は、細い細いリキッドのアイライン、目の下の縁はホワイトの線がひかれていた。これだけの技を取得し、これだけのことをするのに、い

ったいどれくらいの時間がかかったのだろう……。私はちょっと醒めた目で、その巧みな目に見入っていた。ある有名なヘアメイクの方も言っていた。

「正直言って、他にやることないのかなあと思いますよ」

実は私もそう思う。キレイになりたい盛りの二十代、三十代ならともかく、四十代の女性があまりにも時間をかけた化粧をしているのはあまり素敵と思えない。さらに言うと、ふつうの主婦が、日常の場で太いアイライン（リキッド）を入れるのも好きではない。私の若い友人は、ある四十代の女性のことを指し、

「上下にリキッドでアイラインを入れる女性は信用できない」

と発言した。

中年の女というのは、下の年代からも厳しくチェックされているのである。ところでヘアメイクのB子さんは、赤い口紅のA子さんのことを後に評した。

「あの人、化粧がちょっと下手なところがへんな魅力つくって、男の人にモテるのよね」

物書きのA子さん。中身のある女性はプロのようなことをしなくてもいいのである。

ご馳走されるのがあたり前と思っている女へ。自前で楽しんでこそ大人なり

私はつくづく自分をバカだと思った。

先日、「STORY」で撮った着物のグラビアである。チコさんと並んで撮られて、はっきりいろんなことがわかりました。ええ、わかりましたとも。生まれつき美しい人には、何をやってもかなうはずがない。

「え、じゃあ、あんた勝つつもりだったの？」

と問われると困るのであるが、ここまで違いを見せつけられると、やはり女として悲しくなる。母子とは思いたくないけど、叔母さんと姪という感じですね。一緒に写真を撮ることにOKした私って本当にバカだわ。顔の大きさからして違うんだもん。

が、反省ばかりしてはいられない。こうしている間にも、口角は下がり、目のまわりの小皺は増えていく。不機嫌になったりむかついたりすると、顔の下がるスピードはどんどん早

くなっていくそうである。出来るだけ楽しいことを考えなくてはならない。

さて私は、家族との時間を別にすると、人生のいちばん大切な楽しいことは、仲間とおいしいものを食べることだと思っている。私は洋服にもお金を遣ったが、食べることにも本当にお金を遣った。人にご馳走するのも大好きだし、親しい人ならばワリカンを原則にしている。

先日ある女性誌（お金持ちの奥さまが読む、美しいグラビアどっさりの雑誌）に、

「女性も花柳界で遊ぼう」

という特集が組まれていた。祇園や新橋といった一流どころの芸妓、芸者さんたちは女性客も親切に遊ばせてくれる。そういうところへグループで行って、楽しい一夜を過ごそうということらしい。

私は女のくせに、昔から料亭遊びが大好きだった。大好き、といっても贅沢なところへめったに行けるわけがない。お金持ちのおじさまに連れていってもらって行ったのであるが、座敷のあしらいといい、料理の素晴らしさといい、まさに日本の美の極致を味わうという感じであった。

私のまわりには、花柳界で遊んでいる四十代が何人かいる。私は彼らのひとりに言った。

「いつもおごられてるのイヤだから、ワリカンにして頂戴」

ごくたまにであるが、こうしてお座敷遊びをする。思っているほど高くはない。高級フレンチで、うんといいワインを飲んだくらいであろうか……。

などと書くと、自慢話めくのであるが、何を言いたいかというと、自腹を切らない限り、本当のおいしさや楽しさを味わえないということだ。特に女の人に多い。人に払わせて、自分がビタ一文出さないことを誇りにしている女。こういうのに限って、グルメぶるので始末に負えない。私の友人でいつもあの店のフグはどうだった、あそこのフレンチは今ひとつだ、などと言っている女がいるのだが、ワリカンになったとたん、すごい表情をする。

「あんたたち、よく食べるわね。え、まだオーダーする気なの」

と、こっちを睨みつけるのである。

「あなたって、絶対に自分じゃ払わないでしょ」

と言ったところ、あたり前よとふんぞり返った。

「みんな私とごはん食べたがって、食べてんだから、ご馳走になるの当然でしょう。私なんか昔から、食事代出したことないわね」

まるで払う女は、モテないのだと言わんばかりだ。彼女とよく食事をするが、食べることが好きだとはとうてい思えない。食べることが好きな人の食べ方は、すぐにわかるものだ。彼女の場合、食べ物をいとおしむ謙虚さがまるでないのである。

ワインが好きな女、というのもたいてい男の人が払ってくれると考えている節がある。先日、あるワインバーで飲んでいたところ、友人が某女性を連れてきた。ワイン好きで知られる有名女性だ。彼女は勝手に高いものを頼み、がんがん飲んだ後、ご馳走さまもなく帰っていった。が、私は全く腹がたたなかった。その人はとても美しく、彼女がいた一時間、男たちはうっとりとした顔になっていたのである。

が、こんな女性はまれだ。若い女はそれだけで男がちやほやし、競ってご馳走してくれる。その時の誇りを未だに捨てきれない四十女のなんと多いことだろうか。そして中途半端に知ったかぶり屋で、店にケチをつけるばっかりの女になっていく。さらっと自前で楽しめる女。これこそが自立の基本だと思うのだが、出来ない女は実に多い。食事代に関して、女たちはフェミニズムや男女平等から遠ざかり、かたくなに「ご馳走される人」の地位を守ろうとするのである。

ミンクのコートが、デイリーに似合うセンスと年齢

今シーズンは本当によくミンクのコートを着た。昼間出かける時も、このコートで電車に乗って行く。

中年になってよかったことのひとつは、贅沢なものが似合うようになったということだろう。肌が衰えた分、毛皮や宝石、シルクといったものの光沢が応援してくれ、それがまたぴったりくる年代だ。

また時代も味方してくれている。このところはゴージャス＆エレガントが、流行のキーワードとかで、クロコのバッグや毛皮のコートは、

「絶対にイキですよ。買っといた方がいい」

と女性誌の編集者たちに言われたものだ。ひと昔前までクロコや毛皮は、〝金持ちオバさん〟のイメージがつきまとっていたのであるが、今シーズン発表されたものは、どれもカジ

ュアルに洗練され、デイリーに持つものに変わっているのだ。

そんなわけで私も二年前に買ったミンクのコートを引っぱり出した。ミンクのコートといっても、これはジル・サンダーのものだ。毛足が短く、一見ベルベット生地のように見える。ウエストをサテンの黒いサッシュで締めるという、デザイン性にとんでいる。

フェンディほどではないが、かなりの値段したと記憶している。

「日本には三着入ってきて、△△さんと○○さんがお買いになりました」

店の人が二人の女優さんの名を挙げ、私はめっそうもないと手を振った。どちらも美しいのはもちろん、ファッションリーダーとして有名な方たちだ。

「あの人たちと同じものを着るなんてとんでもない」

ところがバーゲンシーズンになり店をのぞくと、あのコートが残っているではないか。

「やっぱりハヤシさんと縁があったんですよ」

などと言われつい買ってしまったものの、やはりミンクということに気後れしてしまい、めったに着ることはなかった。けれども今年はなぜか着てみたい雰囲気になった。パンツやジーンズに合わせ昼間も着たところ、次第に体になじんでいくのがはっきりとわかった。

高価なものはすべてそうであるが、着倒して着倒して、あるいは使い倒して、値段のことなどすっかり忘れてしまう。そうなってみて初めてしっくりとこちらになじんでくれる。よくバーキンをおっかなびっくり大事そうに持っている人がいるが、あれなら買わない方がいい。高価な品物と持ち手というのは、封建的な主従関係になるべきであり、

「使ってやるわよ」

「はい、ご主人さま、光栄でございます」

とバッグや服に言わせなくては。

「エルメスを持たせていただく」

などという気持ちがちらっと見えると、相手はなめてかかる。エラそうになってバッグだけがやたら目立つことになるのだ。

宝石も同じだろう。あまり宝石をつけない私が、スクエアカットのダイヤリングは毎日のようにしていた。これは私がミキモトにお願いして特注したものである。

「下品でない程度の大きな四角いダイヤを、うんとシンプルにデザインして」

とオーダーした。

私が高価なものを身につける時に気をつけることはもうひとつあり、それはうんとシンプルにすることである。ミンクのコートもそうだし指輪もそうだ。

「ふだんもつけられるもの」

が絶対条件になる。よく中年の女性がしている、太いリング、ダイヤのまわりに小粒のダ

イヤが幾重にもとり囲んでいるもの、などというのは好みではない。四角いダイヤのまわりには何の装飾もつけないで欲しいと言った。ダイヤにただリングがついていればいい。しかし失敗したことがある。

「これだけのダイヤに金の台はカジュアル過ぎますよ。やっぱりプラチナ台にしなければ」

というお店の人のアドバイスに従ってしまったことだ。ご存知のように腕時計のフレームはたいてい金だから、プラチナを使ったリングとは合わない。よってこの指輪をする時は、昔のロレックスをすることになった。

それにしてもついこのあいだまで、ダイヤの指輪をして、ミンクのコートを着た自分など全く想像できなかった。それどころか嫌悪の対象であったろう。けれどもそういうものを身につけた自分はちゃんといて、しかもファッション的にも精神的にもさほどの変化はない。時代とか、私にも多少生まれてきたセンスというものは、高価なもののイヤらしさも呑み込んでしまったようだ。もちろん何よりも年齢の重みというものが大きな味方になってくれた。

プチ整形と整形の狭間で、心に誓ったこと

もうじき創刊される女性誌の広告に出ることになった。正月もこの会社の新聞十五段広告に出たのであるが、モノクロ写真のため、私に気づいた人はほとんどいない。

今月はポスターとCMを頼まれたのであるが、顔のアップでいくという。ハタ、と困った。最近目の下のシワがかなり目立つのだ。

「ヒアルロン酸でも打ってもらおうかな」

今から一年半前、深いシワに注射してもらったところ、あっという間に消えた。ふつうヒアルロン酸は三ヶ月で効果がなくなるということであるが、私の場合は一年半近くももったのだからかなりお得である。

けれども閉口したのは、意地悪な女友だちの反応で、

「ねえ、ハヤシさんって、プチ整形したのよ。プチ整形よ」

とまわりに言いふらしたのである。

ヒアルロン酸を打ってくれる美容整形の先生はこうおっしゃる。

「プチ整形、っていう言葉がイヤですよね。これは美容液を注入しているのと同じです」

このあいだはサーマクールをしてもらったヘアメイクの人から、レーザーでするすごいリフトアップ法があると教えてもらい、即予約したのだ。

例の女友だちは、

「また整形するの？　すごいよねぇ」

と憎らしいことを言っていたが、どうやら同じクリニックに、

「ハヤシさんの紹介で」

と予約を入れたらしい。もっと素直になればいいのにと笑ってしまった。

さてつい先日のこと、某男性作家が興奮したおももちで私に言った。

「ハヤシ君、喜びなさい。もう年をとるのが少しも怖くないよ。今日、女優の○○○さんに会ったんだけど本当にキレイだった。ハヤシ君がこれから先年をとっても、医学の力でいくらでも若くキレイになれるんだよ」

「やめてください」

私はふくれた。

「あの女優さん、私少しもキレイだと思いません。整形したのバレバレじゃないですか。髪も若い人みたいな形にして、かなり無理していますよ」

自分だってヒアルロン酸やっててよく言うよ、と言われそうであるが、あれら一連のものと、メスを使ってする手術とはまるで違うような気がする。メスを入れるというのは、自分の顔を改造することだ。テレビを見ていて、中年の女優さんの顔が突然変わっていることがある。二重の目がはっきりして上に上がっている。その目の張り具合がやっぱりヘンなのだ。

そもそも中年の女優さんやタレントさんというのは、顔が妙に脂ぎっててらてらしている。若い、とか、キレイ、と言われる人でもいろいろなものが過剰になっていく。そうでなくても、年をとると顔が大きくなっていくのに、むやみに圧迫感が出てくるのだ。

昨今、黒木瞳さんがひとり勝ちしているのは、あの透明感であろう。奇抜なカラーリングもしていなければ、アイラインも太くない。ごくあっさりとした薄化粧（実はものすごく手のこんだ、テクニカルな化粧だろうが）なのに、あの美しさを保っているのは奇跡に近いと、世の女はひれ伏してしまったのである。

中年になるにつれ、いろんなものをそぎ落としていくのはなんと大変なことであろうか。弛んだ目のために、アイラインは入れなくてはならないし、チークも表情を明るくする必需品だ。髪もコシがなくなるからパーマをかけたい。副木《そえぎ》や彩りやいろんなものをしていくうちに、中年女というのは暑苦しくなっていくのである。

整形というのは、暑苦しさの最たるものではないだろうか。年をとって来たからといってしっかりと武装する、というのもそれなりの見識というものだ。かなり年配の女性で、整形に整形を重ね、シャネルスーツで決めている人を知っている。かなり人工的な雰囲気になるが、まあそれはそれで一種の迫力があった。

けれども一度新幹線の中で会った時、キャッと叫び声をあげそうになった。夜のことで白々とした蛍光灯の下、浮かび上がった顔が本当に怖かったのである。無理やり内に詰め込まれた老いが、醜く浮き出たという感じ。

これから先、メスを入れるかどうか迷う時がくるだろう。医師にも勧められるだろう。そんな時は新幹線の中の、白く崩れた顔を思い出そうと思う。すっきりとした中年女になる。これは今までどう生きてきたかを問われる大事業ではなかろうか。油断してはならない。誘惑にはのらない。

長き眠りから覚め、「ネイル期」に突入しました

私が学生の頃、母の親友のおうちで何かとお世話になっていた。典型的な東京のお金持ちで、そこでの華やかな世界はまさにカルチャーショックであった。家中でゴルフに行き、娘の二十歳の誕生日プレゼントは、ゴルフ場の会員権、という家は三十年前ではかなり珍しかったと思う。

そこには美しい三人姉妹がいて、末のお嬢さんは私と同い歳であった。小学校から名門女子大の附属へ通い、大学ではゴルフ部のキャプテンという、今なら「ＳＴＯＲＹ」のグラビアに登場するような女性だろう。

今でも思い出す光景がある。よくそこの家で夕食をご馳走になった。この時間になると通いのお手伝いさんも帰ってしまうので、後片づけは皆でいっせいにすることになる。この時、私を除いた三人の娘たち、正確に言うと、食器を洗う係とすすぐ係はゴム手袋をするのであ

る。

「そんなことしたら、洗いづらくない」

と尋ねたところ、

「えー、ダメよ。絶対にゴム手袋をしなきゃ。手が荒れるし、マニキュアもはがれちゃうわ」

ときっぱりと言ったものだ。

あれから長い歳月が流れた。たいていの女性がそうだと思うけれども、私も「ネイル期」と「非ネイル期」とに分かれる人生であった。ネイルに凝り出す時は、週に一度必ずサロンに行った。

「女の美しさはディテールに宿るんだから、やっぱり手はキレイにしなきゃね」

と、この頃はかなりエラそうに言ったり書いたりしたものである。

が、この一年くらいはほとんど「非ネイル期」であった。とにかく忙しいこともあったが、やはり手を凝視してくれる男性の存在がなかったことが大きい。

ヒトヅマの私であるが、たまには男の人と二人で食事に行ったり、お酒を飲みに行ったりすることもある。女が自分の手をうんと意識するのは、バーのカウンターに男性と並んで座った時だ。向かい合って話をしない代わりに、この時は手が大活躍する。グラスを持った手

をちょっと動かしたり、

「ね、ね、ちょっと聞いて」

と男性の前で、指をトントン叩いたりする。こういう場合は、そりゃあネイルを張り切りました。手にも「デブ専」というのはあるのだろうか。エクボがあってぽっちゃりしている私の手を好きだと言ってくれる男性も何人かいて、

「僕、ハヤシさんの手、大好きなんだ。握ってもいい？」

と酔いにまかせてキュッと両手で握られたこともある。みんなの前でされたのが残念であるが、とにかくまあ、すべすべしたかわゆい手だったのである。

が、この一年間はとにかく忙しいのと、顔と体のメンテナンスに時間がかかり、握ってくれるような男性もいないしと、かなりおざなりになった。「非ネイル期」が長く続き、自分で適当にマニキュアしていたのである。

ところがつい最近、美しくておしゃれな女性とランチをとることになった。髪も化粧もため息が出るくらい完璧だったが、その方は見事なフレンチネイルをしていた。私と同じように主婦をこなしながら仕事もしている人だ。

「お皿洗いする時、はがれたりしない」

と聞いたところ、

「ゴム手袋してますから」

ときっぱり。ああ、やっぱりゴム手袋かと、帰りに薬局へ行きひとつ買い求めた。この何年か買わないうちに、ゴム手袋も非常に進化していて、薄手で手にフィットするものが何種類もある。

私は食器が好きで、いい土ものや磁器を出来る限りふだんの食卓で使う。よって食洗機を使わず、丁寧に手で洗っていたのであるが、万事がのろい私のこととて、時計を見ると四十分皿洗いしていることもざらだ。四十分間、手がお湯と洗桶にさらされているというのは、やはり過酷なことと思いあたった。ゴム手袋は絶対に必需品だったのである。

そして幸運なことに、朝早くからやっているネイルサロンを見つけることが出来た。これなら仕事に行く前に、きちんとネイルをすることが可能だ。

そしてまた少しずつ、デイトの回数も増やすことにしよう。今までは食事が終わると一目散にタクシーで帰った。ダイエットのためずうっとお酒を飲まなかったのだ。バーに行く必要を感じなかったのだ。

が、はっきりわかった。別にイロゴトを起こすためだけにバーはあるんじゃない（それでもいいけど）。自分の女としての細部をチェックしてもらうために、あの照明とかカウンター、いい男はいるんですよね。

季節を先取りする着物の柄選び。なんと贅沢な悩みであろうか

ロンドン、パリをひとり旅して、あちらで早咲きの桜をたくさん見た。

そして成田からの帰り、高速から見る桜は満開の時を迎えていた。ちょうど雨が降り、ヴエールがかかっているので、古い映画を見ているようだ。

「今年の桜は、お天気のせいもあって咲いてから長いですよ」

と運転手さん。

「だけど、もうところどころ葉っぱになってますがねえ」

私は次第に憂うつになってきた。一ヶ月前のこと、京都で桜の着物を誂《あつら》えたばかりなのだ。

「四月六日と九日に着たいけど、どうでしょうか」

と尋ねた私に、お店の人は言った。

「ちょうどいい頃ですよ」

けれどもパリで衛星版の新聞を読むと、東京の開花宣言はとっくに終わっているではないか。四月の六日というのは、京都の盛りの頃だったらしい。年々桜の花が咲くのは早くなっていて、もう桜の季節が四月と考えるのは間違っているようだ。

四月六日だったら、もう桜の着物は着られないだろう。せっかくつくったばっかりなのになあと、私はため息をついた。

桜はよく着物の柄に使われるが、これほどデリケートなものはないだろう。三分咲きの頃から着始めて、満開の前にはぴたっとやめる。これは、

「満開の花とは競わない」

という、なんともゆかしい心の現れと聞いて、ますます桜の着物が好きになったことがある。今はフラワーアーティストで、以前は新橋の芸者さんをしていた仲よしのA子さんは言う。

「桜の着物をいちばん持っていたのは、○○のおかあさんだわ」

有名料亭のおかみさんの名を挙げた。芸者さんはなぜかおかみさんのことをおかあさんと呼ぶのである。

「三分咲き、五分咲き、六分咲き、っていういろんな表情の桜の着物を持っていて、毎日着替えるのよ。満開になってからはね、裾まわしにだけ、桜の花びらを散らしてるの。その素

敵なことといったらなかったわ……」

ほう、さすがねえと私も声をあげた。言うまでもなく、着物の柄は季節の早取りをルールとする。その花が咲くちょっと前に着るのが粋なのだ。満開だったら、散る様子の柄にするなんて、なんておしゃれなんだろう。

さて四月六日はオペラの初日であった。さんざん迷った揚句、京都でこしらえた桜の着物にした。遠山の桜と、散る花びらという柄が、なんとかギリギリだろうと判断したからである。

ロビイで多くの知り合いに褒められた。

「ちょうど今の季節にぴったりの着物だねえ」

「いいえ、いいえ、そんなことはありませんよ」

私はいちいち説明する。

「今日みたいな散りかけた日に、桜の着物はちょっと野暮ですよね」

が、会場にいた何人かの着物姿の女性も、ほとんどが桜の模様だった。みんなやはり今日が限界と判断したのだろう。

そして四月九日。文壇関係のパーティーでスピーチの後は、知り合いの家での「観桜会」というスケジュールが入っていた。観桜会といっても、もう桜は着られない。はっきりと目で分かるくらい、葉桜になっているからだ。

こういう時は、何を着ていけばいいかとても悩む。アヤメもやや早いような気がするし、藤かなァ……。でも持っている藤の着物も地味だしなァ……。が、こういう悩みというのは、なんと贅沢で楽しいものであろうか。季節の訪れにじっと目を凝らし、植物図鑑を見たりする。そして百合の刺繍の訪問着にした。紫の地に、白い百合がたっぷりと刺繍されたこの着物を身にまとうのは初めてだ。しつけ糸もついたままである。いつのまにか少々ためらうほど派手な着物。それも一度も袖を通していないものが増えてきた。よってこの頃、パーティーやコンサートにせっせと着ていくようにしているのである。

が、そういうところでこの頃、とてもヘンテコな着物を目にするようになった。若い女の子が、ニューキモノや、リサイクル着物を自分流に着るのはまだ我慢しよう。若さが、ヘンテコさを抑えつけて、なんだかやたらかわいいコもいる。けれども四十代のヘンテコさは、絶対にやめた方がいい。自分勝手なニューキモノやモダン着物というのは、中身まで安っぽくしてしまうのである。

最近は紬《つむぎ》ブームということで、かなりフォーマルな場にも、みんな紬で来る。それも洋服のファッションになまじ自信があるだけに聞く耳を持たない。オペラの会場で、藍の紬に雪駄。ピンクのぴらぴらの帯。同色のパシュミナ、という女性を見た。十代の女の子ではない。

あきらかに四十代の女性である。

私は着物に目覚めた頃、かなり勉強をした。この勉強はとても楽しく、私にいろんなことを教えてくれた。それなのに着物というと、どうしてみんな最初から我流になるのか。そんなにすごいセンス持っている人、めったにいないよ。

「黒オバさん」VS.「白オバさん」。四十過ぎたら、白の勝ち

このところ週に三日、個人の先生についてトレーニングをしている。ストレッチもしてもらい、二時間みっちりと汗をかく。パリ旅行からずっと、だぶだぶに肉がついてきた体が、少しずつ締まっていくのがわかる。初めて知る、体をデザインする喜び……。

が、私は自分の性格からして、決して筋肉もりもりにならないのがわかる。なぜならばきっと途中でうやむやになってしまうはずだ。そもそも私は、スポーツしたり体を動かしたりするのが大嫌い。どうしてトレーニングをしているかというと、デブになりたくない強迫観念のようなものである。十数年前にゴルフを始めたことがあったが、すぐに自分に向いていないのがわかった。一緒にまわった男友だちから、

「君とは二度とゴルフをしたくない」

と言われたことも原因している。

けれども同じ頃ゴルフを習い始めた友人は、今やかなりのフリークになっている。とにかく体を動かすの大好きという彼女は、ぜい肉がひとつもない。冬でも日灼けしたノースリーブの腕を見せる。

が、正直言うと中年のむき出しの筋肉というのは、そう美しいものではない。

昔「黒オバさん」「白オバさん」という言葉を知ってはたと膝をうった。そうかあ、私は確実に白オバさんの道を歩いているのかあと実感したのである。白オバさんというのは、色白のぽちゃぽちゃとした中年女性。体を動かすのが嫌いで、家の中にいるのが好きなタイプ。その反対に黒オバさんというのは、筋骨隆々、年がら年中日灼けしている女性だ。財界の奥さんにこの黒オバさんが結構いる。ゴルフが大好きで、日本が冬の時は南半球に行く。ちょっと口が悪いのが特徴で、ずけずけものを言う人が多い。が、悪気はなく、エラい人の奥さんなので皆も笑って許してくれる。私の友人の何人かもキャリアウーマンにもかかわらず、この「黒オバさん」コースを辿っているのだが、よく見るとかなりきついかもしれない。日灼けしているから目立たなくなっているが、腕も頬もシミだらけである。そして黒オバさんのもうひとつのまずーいところは、自分がすごく若く見えると思っていることだ。ぜい肉がないスリムな体を持っていさえすれば、それだけで充分と信じている。肌の汚さはあまり考えていない。

反対に白オバさんの方は、

「私はもうトシだから」

と必要以上に自分を卑下する。デブデブした体をよおく知っているからだ。よく見ると肌が綺麗なんだけど、しかしパッと見は確かに老けて見える。言ってみればミクロとマクロの問題であろうか。

ぜい肉のない体と、綺麗な肌、どちらを選ぶか。まあ、まれには二つ同時に手に入れている人もいるが中年になるとかなりむずかしい。

そして時代は「白オバさん」に次第に味方している。日灼けのダメージが、これだけ喧伝されているからだ。

親しい女性誌編集者が言った。

「最近、女の人のいちばん嬉しい褒め言葉は、キレイですねじゃなくて、肌が美しい、なんですよ」

「色の白いは七難隠す」という言葉が真実を持ってくるのはどうやら四十を過ぎてかららしい。まわりの人がかなり神経質になっているので、私もかなり気をつけるようになった。肌を休ませようと週末はノーメイクでいることが多かったが、最近は必ず化粧をする。スーパーに行かなくても、庭に出たり、洗たく物を干すこともあるからだ。ＵＶカットのクリーム

を塗り、かなり厚くファンデーションを重ね、お粉をはたく。帽子を被ることもある。が、

「ダメよ、日傘をしなきゃ」

とアドバイスされた。陽ざしが強くなったら日傘は必需品というのである。

けれども日傘をさすのはかなり抵抗があった。毎日が雨降りのようなものだ。片手が使えなくなる。何よりもオバさんっぽい。ただでさえ正真正銘のオバさんなのに、これ以上オバさんっぽい小道具を持ちたくないではないか。それにUV効果がいちばん強いのは黒だということであるが、街中で黒い日傘を見ると一瞬ギョッとしないだろうか。突然魔女と出会ったような感じである。

しかし日傘を持つ女性は確実に増え始めた。仲よしのモデルのコも、日傘は手放したことはないと言う。

しかし私は日傘を持つのがあまり好きではない。ならどうしたらいいのか。日中はあまり出歩かない。もし歩く場合は日陰を歩く。都心だったら地下鉄の通路をうまく使って外に出ないようにする。ぜい肉をとりつつ白オバさんのままでいる。これが私の真のテーマである。

「だってやっぱりもうひと花咲かせたいものね。ときめきたい」などという言葉は嫌いだけれど、男の人にそういうまなざしで見てもらえる女でいたいと思う。

が、さっき長電話していた友人（四十代・美人・独身・モテる）が言う。

「でもね、コトが起こるといろいろわずらわしいことが始まるわよ」

「あー、わずらわしい日々をおくりたい」

と私は思わずつぶやいたのである。

中年ならいつかは知る、好きでももう着られないという悲しみ

シーズン前に、大量の服を買う。

いつも行く何軒かのブティックでは、私のためにお取り置きしておいてくれた服がラックに並び、店の人がアドバイスをしてくれる。

「ハヤシさん、対談の時は、このジャケットにこのスカートがいいんじゃありませんか」

「これは今年の色なんですよ。これにグレイを合わせると締まりますよ」

などといろいろ言ってくれるわけだ。買わないものもあるけれど、たいていは試着して買う。ほとんどの女性がそうだろうが、ショッピングは私の場合、大変なストレス解消となる。よってものすごくお金を遣う。

が、私ときたら、毎朝クローゼットの前で着ていくものがなくて往生しているのである。

何か自分のイメージと、鏡の中の自分とが喰い違っているようなのだ。私は昔から、フレア

スカートやサーキュラースカートが大好きであった。自分でも似合うと思っていた。デニムジャケットに、タイトのスカートをはいた私に、店員さんは言ったものだ。

「ハヤシさん、そういうふつうっぽい格好は似合わないわ。スカートだけちょっとはずしましょうよ。ハヤシさんはこういう時、可愛いフレアを組み合わせた方がいいんですよ」

そんなこんなで、フレアも買った。もっと若い人が行く店でも、気に入ったフレアがあったので何着か買った。が、鏡に映っているのは、ヘンに若づくりしたオバさんではないか。何よりもフレアを着ると、全体のシルエットがとても悪くなる。ただでさえ中年になると丸っこくなるのに、フレアやサーキュラーだと、もっともっこりした感じになるのだ。それにフレアのミニだと膝小僧が出る。タイトのミニだと、それなりにカッコいい（ような気もする）が、フレアのミニだと、やっぱりヘン。

私は愕然とした。自分が好きで似合っていると思っていたものが、実はまるっきり違うとわかった時の悲しみ。もう好きなものは着られないと観念する気持ち。これはもう、自分は恋愛の対象からはずれているのだと、知った時の思いと似ているかもしれない。本当に悲しいもんですね。

このことは、私のまわりではどういう風にとらえているのだろうか。よく観察してみる。編集者、スタイリスト、といったおしゃれな女性が多い。が、彼女たちはこのことに関して割合無頓着なのである。いや、あるいは気がつかないふりをしているのかもしれないが、みんな年齢のことは考えず、流行のものを着ている。ほとんどの人がちゃんと着こなしているからさすがであるが、中にはちょっと……と思うこともある。

私たちの世代は、まあマスコミの仕事をしたりちょっとトガった女たちは、アバンギャルドな服で育った。コム・デ・ギャルソン、ワイズの洗礼を受けなかった者はいまい。今見渡すと、昔のままその種の服を着ている人は何人かいる。しかもノーメイクで、白髪混じりの髪だ。そう、ナチュラルということを宗教にしてきた世代でもある。

若くスタイルのいい女の子が、ナチュラルメイクでモード系の黒い服をまとうのは確かにカッコいい。いってみれば引き算の魅力である。本来ならば、明るい色の服を着て、髪や化粧も飾り立てるはずの若く美しい娘が、あえて黒の服の中に自分を閉じ込めるいさぎよさ。それだから斬新なデザインも映えるのだ。

けれども中年の女が同じことをやるのは、かなりきついかもしれない。ある女性誌のグラビアに、「年とってもカッコいい女性」として、白髪の女性がそうした服を着ていた。が、私は少しもいいと思わなかった。こういうモード系の服を着るには、彼女はあまりにも太り過ぎていたのだ。

「この頃やっとわかったけど、女が年とったら、やっぱり〝ややコンサバ〟にならないとね」

女性誌の男性編集者に言ったことがある。

「中年になって、あんまりアバンギャルドをするのはつらいよ。体型だって変わってきてるんだしさ」

彼も頷いた。

「だけどね、モード系で育った女たちにとって、この中年って扉を開くのは初めてなんだよ。初めての経験なんだよ」

その会話は何年か前だった。以前のままの人もいるが、変わった人の方が多いかも。あたりを見渡してみると、みんなモード系にシャネル、エルメスといった高級ブランド系をプラスしているような気がする。ジーンズに高価なバーキンを組み合わせるなどというのはしょっちゅう目にする。

中年になると、諦めなくてはならないものがたくさん出てくるが、ぴったり身に寄り添ってくるものも多い。エルメスのバッグ、宝石、ファー……。けれども高価なものをそのまま身につけるのは、恥ずかしいと思うセンスもある私たち。ここからがコーディネートのしどころだ。

だからクローゼットの前で立ちつくす時間は長くなる。ネイルやエステといったメンテナンスもあるし、本当に中年って忙しいですよね。

ロマンティックなハプニングは働く女の特権である

先日のこと、夫と子どもがいる女優さんが、有名な歌手と夜遊びの最中キスをした。それを写真雑誌に撮られ、離婚があったり、「火遊び発言」がありと、世の中をかなり騒がせた。私のまわりでは、

「人の奥さんのくせにキスなんかして」

という意見はあまりなく、

「キレイで女優さんだと、やっぱりあんな風にキスをするのね」

と羨む声の方が多かったような気がする。

そうかあ、ふつうの人妻にとって、他の男性とキスをすることはやっぱり大変なことなのねと、あらためて思った。私はちょうどある女性誌に、四十代の人妻が主人公の小説を書いていて、ちょうどキスのシーンがあったばかりであった。男の人と飲みに行き、その帰りに

キスをされる。たいしたことではないと思いつつ、次の日から、キスをしたという事実がじわりじわりと効いてくる、という内容だった。

私のことなど誰も知りたいとは思わないので詳しくは書かないが、まあ女の人が外で働いていれば、四十代だろうと人妻だろうとキスの一回や二回はしているのではなかろうか。セックスをするとなれば話は別だ。心構えも全く違うし、仕掛けが大きくなる。密室へ誘うとなれば、男性の方も勇気がいるだろうし、女の方も悩み考えてしまう。まあ、かなりのハードルを幾つも越えなくてはならないだろう。

けれどもキスはもっと気楽だ。こっちにその気はまるでなくても、何かの拍子にひょいとそういうことをされることもあるし、都会にはキスをするのに手頃な、小さな暗闇がいっぱいある。キスなんか挨拶の延長でしょ、などと居直るのはカワイくないし、行為をつまらなくさせる。やはりキスはキス。それなりの意味があることだし、一ヶ月は胸がドキドキする。それは若い時とはまるで違う胸のときめきである。

しかし私の友人で遊んでいる男性は言う。

「男と女がキスして、それで済むわけないじゃんか」

ま、それは個人の判断に任せるとしても、私は大人の女が、さらっとキスだけの関係で終わらせるというのはなかなかカッコいいと思う。男と女がふたりで食事をし、お酒を飲む。

それだけで充分に楽しいという男性も何人か確保しておきたいが、やはりひとりふたり、ロマンティックなハプニングが予想される男性がいた方が、人生はずっと楽しいではないか。

このようなことを言ったり書いたりすると、必ずたくさんの反響がくる。もちろん不道徳だ、というものではない。

「あなたは働いているから、そういうこともあり得るのかもしれないけれど、私たち専業主婦は知り合うチャンスもまるっきりないのよ。どうしてロマンティックな関係をつくればいいのよ」

そういう人にははっきりと言う。

そう、ロマンティックなことが起こるのは、働いている女の特権であると。

今の世の中、働いていさえすれば、既婚者も独身女性と同じような場所に立てるのではないか。たまにのことであるが、男の人と食事をしたり、お酒を飲むこともあるであろう。きちんと仕事をし、キャリアを積んでいけば、いろんな男性と知り合うのは自然の流れである。そこで突然「不倫」というケースもあるかもしれないが、私がいちばん楽しくて自分のためになると思うのは、その一歩手前で踏みとどまる、曖昧な関係ですね。キスをするか、しないか、というくらいのところが、なんといおうか、女をイキイキと美しくさせるのだ。

「不倫」ということになってくれれば、四十女はかなりのハンディを背負う。そりゃもう目もくらむような喜びと興奮があるかわりに、コンプレックスと疑いがついてまわる。ジム通いで鍛えた美しい肉体でもない限り、自分のすべてが気になって仕方ない。彼は本当は、こんなオバさんなんか抱きたくないのではないか。心の底では若い女の子と比べているのではないかと、ウジウジと考えてしまうのである。まあ、このあたりはハヤシマリコの小説でも読んでください。

流行の言葉でいえば「自己責任」において、男性とデイトした後、キスの一回や二回ぐらいしちゃう。そしてそれを言いふらすことはなく、過大評価することもなく、自分ひとり心の内にしまい、鏡を見てはふーっとため息をつく。メールで相手の男性に、思わせぶりな言葉をいう。こういうことがあるから、中年もやめられません。

自分だけの物語を構築できる女は夫の浮気程度で揺らいだりしない

オペラの初日、劇場は華やかな人々で埋まっていた。

お手洗いに向かってロビーを歩いていた私は、知り合いの男性を見つけ声をかけた。が、次の瞬間、あわてて言葉を呑み込む。その男性と腕を組んで、ぴったり寄り添う美女がいたからだ。

それにしても、こんな時に、こんな場所で女の人と腕を組んで歩くとは、なんと大胆であろうか。その男性には、もちろん奥さんも子どももいる。その奥さんは、私もよく知っている人だ。本業以外にテレビのコメンテーターとして活躍しているから、有名人といってもいいだろう。仮にA子さんとしておく。

つい先日のこと、私と仲のいい男友だちがA子さんについて、こう言ったことを思い出した。

「女はすごいよ。自分のしたことをケロッと忘れるからね。たとえばさ、A子さんなんか本当にびっくりするよ」

テレビを見ていたら偶然A子さんが出てきた。ちょうど芸能人の離婚について、あれこれ話していた時で、彼女はこう言ってのけたという。

「どんな恋愛であれ、相手の奥さんを泣かすようなことをしちゃいけません。略奪愛なんて許されることじゃありませんよ」

あれにはひっくり返ったぜと、私の友人は言った。

「だってさ、自分だって二十年前まるっきり同じことして結婚したんじゃないか。今の亭主を、奥さんと子どもから取ったのは、いったい誰だって言いたくなったよね」

私の男友だちは、A子さんとそのご主人を昔から知り、その頃の経過をよおく知っている人だ。

「そう、そう、B子さんだってすごいぜ」

彼女も同じように、テレビのコメンテーターとしてよく出てくる。

「このあいだまで、お受験なんかとんでもない。親の見栄が子どもを苦しめる、なんてさんざん言っておいてさ、自分の子どもが有名中学に入ったらピタッ。何のことはない、そこの小学校に落ちたんだってさ。本当に、女のあの忘れっぽさはさ、どう言ったらいいんだ。自分の過去も人生も、まるっきりどっかへ置いてくるんだからなー」

傍にいた女性が、

「だから女は、何度も出産できるのよ。あの痛さを忘れるから、また子どもを産もうなんて気になるのよ」

などと言っていたが、それともちょっと違うような気がする。

たぶん女の人独特のヒロイズムが、自分の物語をつくり上げ、自分だけの価値観をつくり上げるのだろう。

A子さんにしてみれば、その時、自分は世間そこらの不倫をしているのではないと考えていたはずだ。ふつうの人には味わえない、崇高な特別の恋をし、この人だけはという運命の人と出会ったのである。この恋のために、相手の奥さんが泣くぐらいどうということがあろうか。だって自分は選ばれた女で、この恋も選ばれたものなのだから……。

そしてめでたくA子さんは、愛する人をかち取ることができ、お子さんも生まれた。しかしその男性は、A子さんと結婚した後も、恋多き男性として知られている。私の耳にもしょっちゅう武勇伝が聞こえてくるからかなりのものだろう。

しかし彼女はあらたな物語をつくり上げたような気がする。それは浮気に苦しむ妻の姿ではない。仕事をバリバリし、ちゃんと家庭を持つ自分の物語が、決して営業用ではなくつく

り上げられていくのである。だからテレビでの、

「略奪愛なんかとんでもない」

という発言になるのであろう。

それにしても、私の知人を見ていて、社会的名声があり、魅力的な男性と結婚するのはなんて大変なんだろうと思う。うちの夫のように、お金も甲斐性もないただのサラリーマンならともかく、社会で頭ひとつ出ていく男性たちは、ありあまるエネルギーを持っている。そしてそれは間違いなく女性の方に向けられるのだ。

私の友人、知人の多くは堂々と愛人を持ち、堂々と恋の話をする。やることがすべておおっぴらだ。

私はたいてい彼らの奥さんを知っているが、決して同情はしない。そんなことは彼女たちに対してとても失礼だ。おそらく彼女たちも結婚した時、ある程度のことは覚悟していたのではないか。結婚にはいろいろな形態があるので、たまたまそのひとつを選びとったということだろう。愛人がいても彼らが離婚する話を聞いたことはない。

働く妻の方もしたたかで、エネルギッシュで、そしてどこか醒めた人生観を持っている。そして社会的発言も、何のてらいもなくするのである。自分だけのストーリーをつくり、その中で生きていける。

自由に京都にも行けないこの淋しさを、埋め合わせるすべはないのだ

大学四年生の時、私の就職は案外早く決まり、すぐに勤めることになった。担当の教授から、ある業界紙の記者という職を紹介されたのである。

などと書くとカッコいいのであるが、職場は汚い雑居ビルの一室にあり、社長以下六人しかいない。業界紙といってもタブロイド判で、折って封筒に入れ、配送するまではすべて手分けで作業する。

昼休みともなると、社長がタッパーを差し出す。中に入っている具と味噌で味噌汁をつくれということだ。その他、男性社員のために毎夜インスタントラーメンはつくらされたし、当然のことながらトイレをはじめとする部屋の掃除も私の役目であった。

そこへいくと、私の仲間たちはまだ青春の自堕落の中にいた。同級生で大の仲よしのA子は、地方の資産家の娘であったが、ほとんど講義に出ないで留年が決まっていた。彼女はお

父さんが買ってくれた都心のマンションに、同い歳の男のイトコと暮らしていた。広い贅沢なマンションだったから、私もよく泊めてもらっていた。私ばかりでなく、彼女やイトコの友人たちが毎夜集まり、宴会となった。ある夜は麻雀をし、ある夜は夜明けまで飲み歩いた。彼女は留年していたし、イトコは浪人していた。だから集まる友人はみんな学生だ。明け方まで遊ぶから、みんな酔いつぶれて昼まで寝ている。けれども私だけ、ひとり朝起きて会社に行かなくてはならない。あの時、私は自分だけが損をしているような気がしたものだ。だからしょっちゅう仮病を使って会社を休んだ。おかげで大学卒業を前に、もう来なくてもいいと言われた。しかし私はそんなことより、あのモラトリアムの群れの中に戻っていくことが、どんなに嬉しかっただろうか。

さて秋になってくると、私のところにいろんなお誘いがくる。

「一泊で京都にマツタケを食べに行こうよ。夜はどっかお茶屋さんで遊ぼう」

「二泊くらいで香港へ行かない。上海蟹がおいしいみたいだよ」

しかし私はどこにも行くことが出来ない。ちょっとした夜遊びならともかく、やはり泊まりがけで遊びに出かけるのは、家庭を持つ者にとってはむずかしい相談だ。断ることになる。すると、私の代わりに誰が行くことになるかというと、三十代〜四十代の独身の女性だ。キャリアウーマンと言われる彼女たちは、充分にお金を持っているから、日程さえ合えばすぐに京都だろうと香港へだろうと行くことができる。話は面白いし、まだまだ充分に美しい女性たちだ。

私と仲がよかった男友だちのグループと、そうした女性たちとが一緒になって、京都へ二泊したと聞いた時、私の胸は騒いだ。昔の、ひとりだけ起きて、会社へ行く感覚。

「私ひとりだけが損してる。他の人たちはみんな楽しいことをしているのに……」

に襲われたのである。

中年というのは何かと忙しい。私のように仕事を持っていればなおさらだ。日頃から時間に追われ、必死にやっているつもりであるが、夫からはブツブツ文句を言われる。もっと家の中にいろということらしい。

夫と喧嘩をするたびに、私は彼女たちがしんから羨ましい。心のおもむくまま旅行に行けることが、本当に羨ましいのだ。中年になれば、ある程度の経済的余裕が出来る。一流旅館に泊まることも、おいしい料亭に行くことも可能だろう。私の友人たちは、みんな人生の実りの時をたっぷりと味わっているような気がする。中には恋愛している人も多い。

私の友人は、私と同い歳であるが、二人の男性から激しく求愛されているそうだ。

「あー、羨ましい。それに比べて私は、こんなに働いて、こんなに忙しくてブツブツブツ……」

思わず声に出して言った。

「独身の女の人っていいわよね。負け犬とか何だかんだって言われてもやっぱりいいわ。好きな時に好きな場所に遊びに行けるし、男の人をいろいろ手玉にとることが出来る。私のまわりの男たちなんか、みーんな四十代の独身女に手玉にとられてるもんね」

私のグチが大きかったせいか、女友だちが言った。

「でもね、手玉にとってる女って淋しいと思うわ。毎晩違う男の人にチヤホヤされ、ごはん食べてても、家に帰ればひとりなのよ」

しかし、この結論は短絡過ぎると私は思った。私はこういう手玉女を何人か知っているが、彼女たちがすべて結婚を望んでいるとは限らないのだ。望まないまま仕事も充実期に入り、人生の果実をたっぷりおいしく味わっている女たちは何人もいる。私はやはり羨ましい。

この私だって、気が向いた時はいつでも、京都の贅沢旅行へ行けた。豊かな中年の証《あかし》のようなその旅行に、しばらく私は行くことは出来ないだろう。やはり淋しいしつまらない。この淋しさを埋めるすべを私は知らないのだ。「欲張り」と言われることはわかっているが、人間というのは二つのものは手に入らない。しかし独身女性たちを素直に羨むことの出来る自分が、私はちょっと好きだ。他人の人生をまだ私は認めることが出来る人間だと思うからである。

劇場で私は涙する。叶えられなかった別の人生を思いながら

少し前のこと、歌舞伎座に勤める若い友人が結婚し、その披露宴に招かれた。余興として、新郎の先輩が声帯模写をしたのだが、その上手なことといったらない。勘三郎さんや歌右衛門さんといった、私もよく知っている名優たちの物真似に、みんな大喜びだ。

歌舞伎座に勤めるぐらいなのだから、歌舞伎が好きなのはあたり前だろうけれども、かなり年季の入った方と見た。けれどもまだ四十代ぐらいだ。

「いくつからご覧になっているのですか」

と聞いたら、三歳という答えが返ってきた。

「えー、三歳から歌舞伎を見てたんですか。だってそんなに小さい子どもが、ちゃんと椅子に座っていられるもんでしょうか」

「もちろんよく〝退場〟を親から言いわたされましたけれども、それでも好きだったんでし

ようね」

そういえば、三島由紀夫が、幼い時分からよく祖母に連れられて歌舞伎座に行ったことはよく知られている。

まわりに迷惑がかかるほどの幼さは確かに困るが、子どものうちから劇場へ行く習慣をつけるというのはなんと幸せなことだろうか。この差は中年になってから出てくる。

宝塚というと、関東の男は見る前から拒否反応を示すが、関西の男性はそうでもない。あちらのええとこのボンは、お母さんやお姉さんに連れられて、宝塚を見に行った教養を身につけている。

私も田舎に育った割には、よく舞台を見ていた方ではないかと思う。県庁所在地で上演される劇団四季や民芸の公演は、中学生の頃から見に行っていた。バレリーナ志望だった従姉や母と、ボリショイバレエの公演も何度か行った。公演といっても、ピアノの伴奏だけで〝さわり〟を見せるものであるが、それでも白鳥に扮したバレリーナの美しさは、今でもはっきりと記憶に残っている。恥ずかしくてあまり人に言ったことがないけれども、舞台女優に心底憧れた。高校を卒業する時、劇団四季の研究生に応募しようか、どうしようかと、書類の袋を持ち、ポストの前をうろうろしたことがある。が、綺麗だとか、美人だとか一度も言われたことのない自分が、女優になれるはずもないと諦めた。

が、現在、歌舞伎やオペラが大好きなのも、この日々があったからだろう。このあいだも大好きなオペラ「カヴァレリア・ルスティカーナ」を見て、いつの間にか泣いていた。同じ頃、歌舞伎座で「一本刀土俵入り」にやはり泣いた。何度も見ている演目だったのに、俳優さんが違ってくると、別の感動を呼び起こしてくれるようだ。

よく人から問われる。

「どうしてそんなにオペラや歌舞伎が好きなの」

私はこう答える。

「私の人生の横には、とうとうと流れる別の人生がある。それはとても華やかでとてもドラマティックなの。ふだんは全く別の流れなのだけれども、いい演劇や歌に会った時は、手に触れられる近さにくるのよ」

クライマックスが近づき、歌手は素晴らしいアリアを歌う。ああ、こんなにあなたのことを愛しているということがわかった。世界はなんて素晴らしく輝いているのか、などという歌詞が続く。すると私はせつなさのあまり、涙が出てくるのである。

人はどう思っているか知らないけれども、わりとふつうで、どうということもない人生だったな。大恋愛を繰り返したり、男から男へと渡り歩いたり、世界を股にかけて生きていくんだという夢や計画は、いったいどこへ行ってしまったんだろうか。気がついてみると、平凡な中年女になっていた。もう人生やり直せないかな。私の友人は五十二歳で、他の男から求愛されたために最近ダンナと別れた。そういう人だってまわりにいるのに、私はもう〝お役ご免〟という感じかしら。ああ、出来ることならば、もっとドラマティックな人生を送りたかった……などという思いが次々と浮かんできて、私はやっぱり泣いてしまうのである。

このあいだやっと「冬のソナタ」を見た。思っていたよりもずっと面白かった。これも「あの時ああしてれば、別の人生があったのではないか」「傍に流れる川に触れてみたい」と考える女の物語である。

私たちはたったひとつの人生しか生きることが出来ない。というのは、あたり前のことであるがつらく淋しいことである。劇場へ行くと見せられる、きらびやかな人生。それを見ると、ますますつらく悲しくなる。あんな風に生きたかったと思うけれどももう遅い。仕方ないのだ。この人生を送るしかない、と思いながら帰路につく。私はこんな風に劇場へ通ってきた。諦めることを知るためにだ。

フグの季節に揺れ動く私。
中年というのは、デリケートなお年頃である

ここのところ、ちょっと気をゆるめて食べたり飲んだりしていたら、アッという間に太ってきた。夏に着ていたものが、完全に着られなくなった。ひどいのがパンツ類で、ジッパーを上げようとしても、お腹の肉にひっかかってどうしても上げることができない。

中年で素晴らしいプロポーションを維持している人たちは、いったいどうしているのであろうか。

「年をとってからこそ、努力して美しさに向かっていかなければ」

などと、このあいだまでエラそうに言っていたものの、根性なしの私はこのていたらくだ。そして何よりつらいのは、デブになると、心がすさんでいくこと。何を着ても似合わないから、おしゃれをする気になれない。それよりも何よりも、次第に自分のことが嫌いになってくるのである。

つい先日、レギュラーでやっている週刊誌の対談ページで、歌手の矢野顕子さんとお話しした。矢野さんは最近、ニューヨークでせっせとジム通いをされているそうだ。

「アッコちゃんとジム通いは似合わない」

正直に言ったら、

「ジム通いは、自分の尊厳を守るためよ」

という返事がかえってきた。自分の尊厳を守る。いい言葉だなあ。そうだ、食欲にうち勝つことが出来ない者に、どうしてプライドや美意識が生まれるだろうか……。

などと言った後で、こんなことを言うのはナンであるが、フグのおいしい季節になってきた。フグが嫌いな人はいないと思うが、私は特に大好物である。若い時からいろんなお店で食べてきた。ご馳走していただいたこともあるが、ほとんどは自分のお金だ。作家の山口洋子さんが、ずっと昔何かのエッセイで、

「フグを一緒に食べてる男女は、たいていデキている」

と書かれたことがある。私はすぐに反論の文章を書いた。

「そんなことはありません。私はいつも自分のお金、もしくはワリカンで男の人とフグを食べています。それどころか、よく男の人におごってあげてます。私はフグを食べることも少ないですが、男の人とデキていることも少ないので、よって確率からしてデキてる男の人と

フグを食べることもまずありません」

若さというのは、こんな生意気なことを言わせるのである。

話はそれたが、この数年、冬になるのを待ちかねて行く店がある。ここのフグが東京でいちばんおいしいと思うのであるが、なにしろ値段が高い。そうお酒は飲まずに、ひとり五万円はする。しかもキャッシュのみ。私はここで食べる時、友人に宣言する。

「ここのフグをおごられると心が痛む。私がおごると財布が痛む。よってワリカンにしましょう」

そんなワケで男友だちと二人、ワリカンでフグを食べる。しっとり、しんみりと楽しい夜だ。たとえワリカンで、デキていなくても、男と女がフグをつつくと、なにやら親密な空気が生まれるから不思議である。何人か一緒にフグを食べた男友だちのうち、特にポイントが高い人がいた。私好みのハンサムで、ものすごいインテリ。しかも真面目で清潔な感じがする男性であった。彼とはフグだけでなく、一ヶ月に一度はデイトし、フレンチや和食を食べる仲であった。

が、彼がよりによって、底の浅い「よくない女」とつき合っていると聞いた時の驚き。どう見たってギョーカイのはしっこにいるインチキっぽい女である。が、私のまわりの人たちは言った。

「仕方ないわよ。若くてキレイな女には、どんなことしたってかないっこないんだから」

そんなこと百も承知なんであるけれど、私は本当に嫌な気分であった。私はナンダカンダ言う彼に、とどめのメールを打った。

「あーあ、すいませんでしたね。私の尊敬する渡辺淳一先生がこういう名言をおっしゃってました。その人と寝たこともない男や女が、あれこれ言うこと自体、愚かで空しいことはない。私はたぶん、愚かで空しいことをしているのね」

それならば、彼とそういう仲になりたかったのかと聞かれれば、全くそういうことはない。ある雑誌のアンケートを見ていたら、二割の女性が不倫をしていて、知り合ったきっかけの第一位は、なんとサイト系であった。しかし中年の女性の大部分は、今さらこのお腹の弛みを見せたくはない。そんなめんどうくさいことを今さら、というのが本音ではなかろうか。それよりも素敵な男の人と二人、おいしいお酒やフグを食べている方がずっといい。が、その男の人が、他の若い女とデキているのは許せない。もう一緒にごはん食べたくないと思う。中年というのは、とてもデリケートなお年頃である。

ヒンシュクを覚悟であえて言う。「ビンボー人に美人妻なし」

「髪は女の命」という古めかしい諺が、最近実感として受け止められるようになった。髪がめっきり少なくなったのである。ついこのあいだまで私のいくつかのコンプレックスのひとつに「髪が多過ぎる」というのがあった。何しろ美容院で髪をカットしてもらうと、ショートなのにかかわらず、床に切った髪の山が出来る。それをチリトリに集めながら、美容師の若い男の子が、

「わっ、すげえ」

とつぶやいたのを、どれほど屈辱的な思いで聞いたことであろう。

「ハヤシさんみたいに髪の多い人は、パーマをかけるとボリュームが出過ぎるから、やめた方がいいよ」

と言われ、ほとんどかけることなしにこの年齢まできた。ところが近頃はこう言われる。

「パーマをかけると、フケるからやめた方がいいよ」

ヘアスタイルはファッションを左右する重要なものであるが、私はもちろんコンサバ系ではない。といってもバリバリのモード系でもなく、ちょっと流行がかった、おとなしいシンプルなものを選ぶタイプだ。今のところ髪は、MASATOさんがパリから帰国する日に予約を入れて切ってもらっているのであるが、初めて会った時、彼は私を何もしないでしばらく眺めていた。身長や体つきを確かめる以上に、どういったものを着ているのか見ていたのだろう。今はシャギーをかなり入れたショート、という髪にしてくださっている。超一流の方にカットしてもらうと、いろいろ大変だ。街のふつうのサロンでは、コンセプトが伝わらない。

「とにかく下から、エアを入れてくださいね」

とMASATOさんはおっしゃる。すごいテクニックを使って、無造作な感じの動きを出すのだ。しかしこのあいだは、時間がなくて行ったホテルの美容室で、ローラーを巻かれてしまった。仕上がった私は、まがうことなくオバさんであった。本当に「髪は女の命」である。

ついおとといのこと、オペラを見に出かけた。私の前列にいささかお年を召した女性がずらりと並んでいたのであるが、その方たちの髪の綺麗さに感動してしまった。皆さん今、美容院に行って帰ってきました、というヘアスタイルなのである。

「今、美容院へ行って帰ってきました」という髪の表現は、若い人の場合だと否定的に使われるが、中高年の女性の場合は豊かさとおしゃれ心の象徴である。その方たちは栗色に染めた髪を大きく膨らませ、後頭部をうまくカバーしている。私が思うに、ある程度以上の女の人の年齢がいちばん出るのが、喉元と並んでこの後頭部だ。よく庶民的な劇場へ行くと、髪の染めが抜けて、すっかり薄くなったオバさんの後頭部がずらり並んでいることがある。男の人のように地肌が透けて見え、ちょっともの悲しくなる光景だ。けれどもオペラを見に来ていた女性たちは、この後頭部をふんわりと見事に膨らませていたのである。スーツも品のいい、お金のかかっていそうなものをお召しだ。

このあいだある方との対談で、

「ビンボー人に美人妻なし」

と言ったら大ヒンシュクをかった。が、これはある程度の年齢からは確かに言えることであろう。美容院にしょっちゅう行ける女性でなくては、この美しい後頭部をキープ出来ないはずだ。そういえば、私の友人のお父さんが亡くなり、経営していた会社を親戚の方に譲り渡す時、お母さんにそれなりのことをしてくれるように条件をつけたという。

「うちの母は、必ず週に二回は美容院に行く人なの。だからそれが出来るようにしてくださいって言ったわ」

若い時はカジュアルな髪も似合うけれど、年をとっていくとそうはいかない。どれだけ美容院に行くか、というのは大切なことだ。

「他人の手がかかる時間と、美しさとは正比例する」

というのはかねがね私の持論であるが、エステと並んで美容院も指している。私もそうなのだが、コンサバ系でないとブロウを美容院でやってもらうことはぐっと少なくなる。MASATOさんの、

「この髪は、ふだんはシャンプー後、ドライヤーで乾かすだけで充分ですからね」

という言葉に甘え、ほとんど何もしない。世界的評価のあるアーティストだから、そのカットは見事なものだ。ヘタなサロンでおかしなことになるよりもと、私も言われたとおり、ドライヤー時にワックスをつけるぐらい。

この髪がとても気に入っているのであるが、一方、美容院に「行かなきゃならない」髪っていうのもいいかも。私には縁がないが、ロールやカール系という女性は、うんと手間とお金がかかっている分、髪が常に艶々しているではないか。あの光りとテリというのは、男の人がこの女性にお金をかけてやらなきゃいけないと思わせるものがあるはずだ。

まあ、今さらヘアスタイルも生き方も変えられない。せめて美容院に行く回数を増やそう。

ショートでもトリートメントをしてもらうとまるで違う。つくづく思う、「ビンボー人に美人妻なし」。これ真実でしょ。

ユーミンにとって私は今も、「田舎出のダサい女の子」なのだ

四十代以上の女性で、ユーミンとかかわりを持たなかった女性は、日本にひとりもいないに違いない。

ドライブデイトの時に流した「中央フリーウェイ」、イブの時にかけたのはもちろん「恋人がサンタクロース」、海外で乗った列車の中で、いつか口ずさんでいた「海を見ていた午後」……。いくつかの記憶がユーミンと密接にからみ合っている。

ユーミンと初めて出会ったのは、私がまだ売れないコピーライターをしていた頃だ。母の親友で、私が東京で何かとお世話になっていた家があった。そこの娘たちはみんなエスカレーター式の有名私立を出、実業家や弁護士に嫁いでいた。つまり典型的な東京の金持ちのお嬢さまコースだ。今でもそうだが、こういう女性たちはシロウトさんでも、なぜかユーミンとつながりを持っている。ユーミンは自分の取り巻きの中に、ふつうだけど華やかな女性た

ちを配置し、そこから何かをキャッチしようとしているようだ。

ともかく私はその美人姉妹に誘われて、ユーミンのコンサートを見に行った。そして終わった後、彼女たちはごく当然のように彼女の楽屋に向かったのである。え、と私はびっくりしたのであるが、難なく奥へ通された。それどころかユーミンは、私たち一行を歓迎してくれたのである。この時一緒に撮った写真は、長いこと私の宝物になった。しかし後にユーミンに会った時、この写真を見せたところ、私のことは全く憶えていないという。当然といえば当然であるが、私が何の印象も残していなかったことに、本当にがっかりしてしまった。

さて、ユーミンは私と同い齢であるからついに五十代を迎えたはずだ。けれどもおしゃれの感度も、プロポーションも少しも変わっていない。

つい先日、あるブランドの新ビル完成パーティーが行われた。着席式のディナーだったので、みんなかなりドレスアップしていた。その中でデニムの上下で帽子をかぶったユーミンは、まあちょっとくだけた印象はあったがカッコいいことこの上なし。

「このあいだの『ＳＴＯＲＹ』見たわ」

と私は言った。

「ストリート系の服、ちゃんと似合ってるからすごいわ」

「ああいう服はね、体がだらしないと似合わないから、日頃頑張ってるのよ」

なるほどなあ、「体がだらしない」か。いかにもユーミンらしい言い方だなと私は思った。女性は中年になると、ややコンサバ系になるべきだと私は主張してきたけれども、ユーミンのように個性とオーラが強い人は別かもしれない。何かに挑戦するように、最新の服に身を包み、それが似合ってしまう。決して若づくりという感じではない。

私はデビューして二十二年になるけれども、初めて（正しくは二度目であるが）ユーミンに会った時は嬉しかったなあ。一応対談という形をとっていたけれども、このあいだまで大スターといちファンという関係がたやすく崩れるわけはなく、私はずうっと緊張していた。

ユーミンはそんな私をからかったり、ちょっぴりうんざりした表情を見せたりしたはずだ。そしてそんな風につき合ってきた二十二年間であった。何回か食事をしたこともあるし、仕事がらみで旅行したこともある。が、親しい仲にはなれなかった。おそらくユーミンにとって、私というのは初めて会ったままの「田舎出のダサい女の子」であり、彼女と触れ合うものは何もなかったであろう。

といっても、私も大人になったことであり、ユーミンに対して多少タメ口をきけるようになった。彼女も親し気に言葉をかわしてくれるのであるが、そのたびごとにからかわれているような気がしている。一生この人に対して、ひけめとコンプレックスを感じるだろうなといつも思う。

とにかくカッコいい。しつこいようだが、本当にカッコいい。洋服のセンスということ以前に、この人は人との距離のとり方、人との接し方がバツグンにうまい。それはとりもなおさず洗練されている、ということなのだろう。スターとしての威厳は保ちながら、誰とでも気さくに接し、不機嫌になったりしない。そして一方でちゃんと人を区別している。残酷なまでにだ。それは「気の合う人」と「気の合わない人」との二つの分け方だ。ユーミンは「気の合う人」を瞬時に選び出す特別の才能を持っているようだ。だからふつうの主婦でも、気が合いそうならば彼女は近づいていって親しい友人にしてしまう。私はこれから先も絶対に「気の合う人」になることはないだろう。

金持ちの友だちの家に招《よ》ばれ、テーブルセッティングを手伝いながら聴いた「ひこうき雲」。彼女の女子大のゴルフ部のメンバーたち。小学校からの同級生。ユーミンと同じ世界に住んでいた女たちももう中年と呼ばれる年代だ。私は彼女たちとユーミンを共有しているつもりだったが実は違う。ユーミンが本当に理解出来る境遇に私は生まれなかったらしい。思い出というのは、実はとても不平等なものである。

同い歳の友は神がつかわした、「客観性を取り戻す鏡」なのかもしれない

友人が、五十五歳で再婚することになった。私たちの間で、杉田かおるさんの結婚以上の衝撃が巻き起こった。

会社を経営している彼女は、身勝手な女王タイプ。世の中にこれほど気を遣わない人間がいるのかと唖然としてしまう。

「私が気を遣うと、みなが私に気を遣うでしょう。だから絶対に気を遣わないことにしたの」

と平然という彼女に、どれだけ腹を立てさせられたことであろう。しかしこれだけ長くつき合ってこられたのも、身勝手な一面、彼女がチャーミングな憎めない性格をしていたからだ。

それにしても、五十五歳で大恋愛し、素敵な男性と結ばれるというのは本当に羨ましい。

別の友人も五十三歳で再々婚するというし、最近私のまわりの女たちはやたら元気がいいの

である。

「私ももうひと花咲かせることが出来るかしら」

と、つい美顔器を使う手にも力が入る。これは三年前に買った超音波の器具で、スイッチを入れるとあったかくなる。これを使って顔の皮膚を引っ張り上げていくのだ。

こんなことを言うのは気がひけるが、私は肌には自信がある。目鼻立ちには自信がないが、肌はかなりいい線いってると思う。

「美白できめが細かくて、本当に綺麗な肌ですね」

と会う人によく褒められる。これで法令線のシワさえなければ、かなり若く見えるはず。もうちょっとたったら、整形しちゃおうかなあ、などといろいろ考えながら、今日も美顔器を使うのである。

さて、最近知り合った女性がいる。仕事関係でなく、知り合いに紹介されたふつうの奥さんだ。ふつうの奥さんといっても、大金持ちの旦那さんがいて、甘やかされ、大切に育てられた奥さん。こういう人の年齢をあてるのは大変にむずかしい。お金がある専業主婦というのは、わりとラブリーな服を着て、とても若づくりをしているからだ。その奥さんもミニスカートにブーツといったいでたちでいつも私の前に現れる。

小柄で可愛い顔をしているのだが、よく見ると、目のまわりに小皺が目立つ。

「この人はいったい幾つかしら」

ご主人が六十歳を過ぎているのだから、五十代後半か。けれども、

「主人とはかなり年が離れているの」

と聞いたこともある。いずれにしても、私よりもちょっと年上なのは間違いない。ひとり息子さんも社会人だと言っていたしな。

ところがある日、なにか年齢の話となり、お互いに言い合った。かなりショックだった。私と同い歳だったのである。

彼女の存在は、私の自惚れをふっとばすことになった。それまで私は、若い友人とつき合って、自分が仲間のひとりのように勘違いしていたか、田舎の同級生に会い、優越感にひたっていたのである。

が、目の前にいるのは、全く同い歳で、状況も似ている。都会の意識が高い層で、エステにもよく行きおしゃれにも関心が深い。お化粧もちゃんと流行を意識し、髪も有名美容院で切っている。

彼女は私の鏡となった。二人でランチをとる。失礼にならない程度に、私は彼女の顔を見つめる。

「私もこんな風に、皺が目立ってるんだろうな」

「私もこんな風に、毛穴が目立つんだわ」

よく考えると彼女の顔は、ちょうどいい頃合いだ。きちんと手入れされているから、そう悲観することもない。しかし不自然な若さもない。ちゃんと年をとった中年女の顔なのだ。

彼女は言う。

「こんなオバちゃん、もう相手にしてくれる男の人、いないわよねえ」

こういう言い方も新鮮である。なにしろ私のまわりは、五十代で結婚する女がうじゃうじゃいるので鼻息が荒い。

「いくつになっても女でいたい」

「恋は何歳からでも出来るわ」

と、女性誌の見出しにあるようなことばかり言っているのだ。実は私もそうした女のひとりであった。世の中にはまれに、実体と戸籍上の年齢が違う人がいる。私もそのヒトリかもしれない……などと密かに思っていたものだ。けれども見よ、神さまはひとりの友をおつかわしくださったのだ。向かい合って私はいろんなことを諦め、そして励まされたりする。

「客観性」というのは、中年女にとってむずかしい。アホなことばかりしていた青春時代よりもむずかしいかもしれない。が、そんな時は同い歳の女の顔を見る。見よ、真実は目の前にある。

六本木ヒルズには、中年女のひとり歩きが似合う

六本木ヒルズが大好きだ。

「あんなとこ、人が多いだけでたいしたものはない」

という意見もあるけれど、メインストリートの舗道から、テレビ朝日の方を眺めると、いかにも「東京に生きている」という感じがする。銀座が年配の人が似合う街、渋谷が若い人の街だとしたら、ここは中年の街だと思う。三十代のＩＴ長者たちが住むところと思われがちであるが、少なくともこの街は私たち中年の世代が、盛りの時に誕生した。これから私たちと共に歩む街、という気がして仕方ない。

私はランチを食べに、よくこの街を訪れる。どこの店も満員の時は、五十一階のヒルズクラブのレストランを使う。私はここの会員なのだ。といっても入会金の高いご大層なクラブではない。リーズナブルな会費で運営されているクラブだ。フレンチ、イタリアン、和食、

お鮨とすべてのレストランが入っているが、どこもなかなかおいしい。夜は東京タワーを下に見る夜景が素晴らしく、食事の後に友人とよくここに来る。

昼間のラウンジも大好きだ。時間をはずすとほとんど人がいないので、原稿を書くのによく利用させてもらっている。

カットしてもらうのも、ヒルズの中の美容院だ。パリに住むMASATOさんが、二月《ふたつき》に一度、一週間ほど帰ってくる。その間に予約を入れてもらうのである。

MASATOさんは、私に絶対にパーマをかけない。

「パーマをかけると、それだけで老けちゃうよ。ハヤシさんはシャギーの面白さで、若々しく見せようよ」

ということで、ハサミを入れてくれるたびに新しい形にしてくれる。

カットの後、次の約束まで少し時間があったので、メインストリートに面した「ルイ・ヴィトン」に入る。ここでスーツを買ったのは確か二年前。この時私は今よりずっと細かった。そしてヴィトンのスーツを着こなすパワーがあった。けれども今はない。今年の色と形を、とても私は着こなせないだろう。だいいちサイズもないものね。

けれども私は、ここで時々小物を買う。このあいだは黒のマルチカラーのフラットシューズを買った。人に会うたび、

「キャー、かわいい」

と言われる靴だ。そして今日は欲しいものがあった。それは村上隆さんのサクランボの模様のバッグである。つい先日、新聞のファッション面を読んでいたら、今年のヴィトンのバッグについて、こんな文章があった。

「大切なことは、ヴィトンのバッグを持つことではなく、今年のバッグを持つことである」

いいなあ、こういう挑発的な言葉。それにひかれて、サクランボ模様のバッグを買いにきたわけだ。

けれどもサクランボ模様のボストンバッグは、私が持つにはちょっと気がひける。カン違いしたオバさんになってしまう。バッグのケースから離れ、ぶらぶらしていたら、モデルの持っていたバッグに目が止まった。サクランボ模様のトートである。これは「色とカタチは派手だが、うんと上質である」という私のセオリーにぴったりするのである。

そりゃバッグにしたらかなり高いが、洋服を買うことに比べればそう勇気を持たずに買うことが出来る。カードで支払っていたら、中年の女性たちが団体でどやどや入ってきた。私と同じ年齢だろうか。おっかなびっくりという感じで、ヴィトンのショーケースを眺めている。

「この街では観光客になるんじゃなくて、どうか参加してくださいね」

と私は声をかけたくなった。

「お金が無いっていうのなら、安くてかわいいものがいっぱいありますよ。私も洋服を買うことはめったにないけれども、小物ならよく買いますよ。すぐ近くにトラヤカフェがあって、しゃれてておいしいですよ。疲れたら角にスタバがあります。大型犬を連れたモデルみたいな女の人が来てて、見てるだけでとっても楽しいです」

彼女たちはまたグループのまま、さっと帰っていった。格好からして、地方からバスにのってきた、という風でもない。近郊から連れ立ってやってきたという感じ。うーむ、中年女というのは、よほどのレベルが集まらない限り、団体でいるとババっちくなると失礼ながら思った。またグループだと、参加はむずかしい。とにかくひとりで歩く。新しい街をひとりで歩く。いろんなことを試したり、考えたりしながらひとりで歩く。そんな中年女に六本木ヒルズはぴったりの街だ。

読者に問いたい。今の夫と一生添い遂げることは、可能か否か

最近私のまわりで、四十代終わりから五十代にかけての女性たちが続々結婚している。いや、正確に言うと再婚した、というべきだろうか。正直言ってかなり羨ましい例が多い。先日は、五十四歳になる私の友人が、五十七歳の男性と再婚したが、これは口の悪い私の友人たちでさえ、

「いやー、よかった、よかった、感動した」

という声がしきりなのだ。

花嫁はなんとデコルテのウェディングドレスで登場である。といっても、彼女はお金もやる気もまんまんのキャリアウーマンであるから、パーソナル・トレーナーによって鍛え抜かれた体はとても綺麗だ。二の腕も余分の肉がついておらず、見事にすっきりしている。顔もオバさん、という感じではなく若々しいので、ウェディングドレスがとても似合っていた。

新郎も再婚であるが、もう彼女にメロメロなのがひと目でわかる。五十七歳の男性が、こんな目をすることに驚いたが、それよりも未だに男性にこんな目で見つめてもらえる五十四歳の彼女にも驚嘆した。

「頑張れば、まだまだ私もいける！」

と、出席した女たち（みんな中年）はそう思ったに違いない。

二人は結婚前にもパリでデイトしていた。新婚旅行は〝ちゃんと〟ハワイに出かけるそうだ。

いいなあ、こんなの。社会的にも経済的にも丸印の男性をつかまえたから羨ましいのではない。中年になってから、じっくりと相手を選び、後半の人生を共に楽しめるパートナーを見つけたことが本当に羨ましいのだ。これからの人生をどう過ごそうかと考えた時、ぴったりの相手を見つけた。そしてこれから二人は、世界中いろんな国へ行き、いろんな温泉へ行き、さまざまなディスカッションをし、何杯ものお酒を一緒に飲むのかと思うと本当にいいなあと思う。

それにつけても、私たちの夫というのは、後半を過ごすのに適した相手なのだろうか。

「今の夫と、ずうっと暮らすのってどう？」

と友人たちに聞くと、たいてい、

「まあ、ここまで来たんだから仕方ないわね」

という返事が返ってくる。しかし五十過ぎの夫を持つ友人に対し、

「もうじき定年でしょ。ずっと家にいられたらどうする?」

と意地悪な質問をすると、今度は「ヤダーッ」と顔をしかめる。

「あんなこうるさいオヤジに、一日中家にいられたらたまらないわよ。今でも出かけるといい顔しないし」

とため息顔だ。

幸せな夫婦をそそのかそうという気はまるでないが、今の結婚制度というのは、本当に時代に合っているのかとよく考える。それは夫婦別姓とかいったイデオロギーっぽいものではない。もっと単純な、

「ひとりの男の人と、一生添い遂げるなどということは可能なのか」

という疑問なのである。

ある人のエッセイを読んだことがある。人生五十年といわれた時代なら、ひとりのパートナーとずっといることは自然であった。しかし、今は人が八十五年生きる。人生の初期、二十歳代の時に選んだ相手と、六十年一緒にいるということはかなり無理があるのではないか、というような内容だったと思う。

若い時、恋だ惚れた、などと言って結婚した相手を、中年になって見つめ直した時、ホコ

ロビが出てくることはないだろうか。子どもも一人前になり、親の責任は済んだ。

「これからは、二人で旅行でもして、ゆっくりと楽しみたいわ」

と妻が言ったとしよう。ところが、

「そんな無駄遣いなんかするもんじゃない。それよりも老後に向けて貯金だ、貯金だ」

と小言をいう夫だったらどうだろう。

これから三十年、四十年という長い年月、ケチでテレビしか見ない、あるいはパソコンの画面しか見ない夫と、暮らしていく生活は楽しいだろうか。

中年になってパートナーをチェンジしていく人はもう珍しくないだろうなァ。すぐにチェンジするパートナーはいなくても、とりあえず離婚する熟年女性も私のまわりにはたくさんいる。

もう子どもを産んで育てる義務もないし、それについて焦ることもない。じっくりと腰をすえて相手を選ぶ。しかし肝心なことは、中年になっても、男の人から愛される魅力的な女なのかどうかということだ。

こちらの自信はないから、私たちは現状に甘んじているのかもしれない。

しかし、恋はまだ出来る、結婚もまだ出来る、と考えることは、私たちにどれほどの活力を与えてくれることか。

中年の女が若く美しくあり続けるには、噛みしめなければいけない「原則」がある

私たち中年の女は、有史以来初めて直面する、大変な課題を与えられていると思う。それは、四十、五十になっても美しくあり続けること。女として降りないこと、ということの二つだ。

先日、ある女優さんのグラビア写真を見て、ヒェーッと叫んだ私。その方は中年を過ぎても美しいことで知られている。が、そこに写っていたのは、顔をいじり過ぎたへんてこなオバさんである。やたら厚い妖艶な化粧をしているのが、かえって老けて見える。顎が不自然に出ているのは、おそらく整形し過ぎているからだろう。美しい人だったのに、なんか年齢不詳のニューハーフに見える。美しさより漂うのは不気味さだ。

「ここまでするのはちょっとなあ……」

と、私は首をひねったのである。

黒木瞳さんに人気が集中するのは、中年になっても美しい、というだけではない。その美しさに清涼感と透明感があるからだ。これがどれほどむずかしいことか、かつてのアイドルで、今はバラエティとかトークショーに出てくる四十代と比べてみればよくわかる。彼女たちの若づくりと化粧の仕方は、あきらかに頑張りすぎているのだ。若い人と同じようなメイクとヘアをしているのがいたましい。

「頑張りすぎると暑苦しくなる」

この原則を中年女は嚙みしめなければいけないのである。

中年になって、なお透明感をかもし出す、これは土台がちゃんとしているかどうかが大きな要素になってくる。美しい素肌を持っていれば、そんなに化粧を厚くすることもない。髪がたっぷりあれば、ことさら若い人のようにはねさせることもないのだ。私は最近、髪の大切さを実感するようになった。それは同年代の友人と泳ぎに行った時、見てはいけないものを見てしまったからである。美容院に毎日のように行き、彼女は完璧にブロウしている。しかし髪が薄いなあ、地肌が透けるなあと感じていたのであるが、あれほどひどいとは思っていなかった。濡れた後の彼女は、坊主頭といってもいいくらいで、わずかにやわらかく細い髪が地肌にへばりついている。いっぺんに二十歳くらい年とったようだ。

若い頃、私は髪が多くて多くて、大変なコンプレックスになっていた。

が、四十五過ぎた頃から、髪は急激に細く少なくなった。シャンプーを二日しないと、パーマをかけていない髪はぺっちゃんこになる。

「若さというのは、髪の毛の量で決まります」

とテレビで言うのを聞き、すぐに近くの美容室に行った。ここで頭皮マッサージし洗浄をしてくれるのを知ったからだ。このところ週に一度行くようにしているが、目に見えて髪にコシが出来たようだ。

こういう「土台づくり」というのは、頑張りすぎない中年の美をつくり出すのに、非常に大切なことだと思う。全く苦労なことである。

さらに中年になってからの女は、幸せでなくてはならないという大きな命題を与えられた。親しくしている女性誌の編集長が言った。

「ハヤシさん、今の世の中〝幸せ感〟のない女性は駄目ですね」

世の中が目に見えて保守的になった。ひと昔前だったら、離婚した芸能人は「自立した女性」ということでハクがついた。

「けれど今はそうじゃないんです。人気が出る人、支持される人っていうのは、幸せ感が必ずあります。ちゃんと旦那さんがいて、子どももいる。いい家庭生活を営んでいる。こういう幸福感がある女の人じゃないと、もう女の人はついてこないですね」

彼は離婚したばかりの女優さんの名を挙げた。かつてトップアイドルとして君臨した人だ。

「彼女は〝イタい感〟が先にたちますよね。いったんこれにとりつかれたら、再浮上はむずかしいですね」

しかし彼がただひとつわからないのが、松田聖子さんの人気だという。

「二回も離婚しているのに、〝イタい感〟が出てこないで、人気は高まっている。彼女は本当に不思議な存在ですよね」

いずれにしても透明な美しさを持ち続け、幸福な結婚生活もキープする。いつまでも男性から見て「現役の女」になる。

こんなに中年の女が忙しかったことがあるだろうか。そして同時に、必要とされたことがあるだろうか。

私たちは年下の世代に憧れられるようなことをいくつ出来るだろうか？

いくつか年上の方からお手紙をいただいた。

ちょっとしたことに対する礼状である。開封する前から私はうなった。文字の美しさ、封筒の質のよさ、切手の貼る位置も完璧だ。そして中身も素晴らしい。私のような後輩にもちゃんと礼を尽くし、丁寧な言葉を綴ってくださっている。

時候の挨拶から始まり、〝かしこ〟で終わる文字の配分も美しく、まさに「手紙の書き方」に出したいような一通だったのである。私がいつもサインペンで書きなぐる、手紙やハガキとはえらい違いだ。

私はつねづねこのエッセイで、

「女はずっと若く美しくなくてはいけない」

と書いてきた。そして世の中もそのようになってきたような気がする。

この「STORY」の新編集長のA氏とは、新入社員の頃からの長いつき合いであるが、先日彼がこんなことを言っていた。

「『STORY』の創刊の頃は、まわりに綺麗な四十代がいなくて、本当に苦労しました。ですけど今は、うっとりするような四十代がいっぱい増えたので、読者に出ていただく企画も全然苦労しません」

聖子人気もそんなところにあるような気がする。四十代になっても、娘以上に派手でかわいらしいものを着て、それが似合う母親。四十代になっても恋が出来る女性。

それはそれで結構なことで、女性がめざすべき方向なのであるが、私はこの達筆の手紙を手にふと思った。

「今の四十代で、ちゃんと手紙が書ける女性が何人いるだろうか」

たいていのことはメールで済ましているのではないだろうか。この私とて、かなり筆マメの方だと思うが、万年筆を使ってきちんと書く、などというのは年に何度もない。

「こんなご時世だし、私は作家というヤクザな仕事だし……」

ということでカジュアル化は進むばかり。字は汚いし、手紙の書き方にのっとっていないひどいものを先方に送っていく。

そう、自分ではまだまだ若いつもりで、いろんなことを笑って済まそうとしてきたのではないか。

「あ、私ってそういうの苦手」

といって、手を振れば、たいていのことが笑って済ませられると思っていやしなかったか。

●夫の上司への礼状も、適当にパソコンで打って出してしまう。

●結婚披露宴も、着物は昔買ったニューブランドのもの。それでも着物を着るだけマシ。ワンピースに、コサージュとシフォンのスカーフを適当にくっつけて出席した。

●お座敷に通された時、どこが上席か未だによくわからない。床の間を背に座ることもあるけど、いつも適当にやっている。

●お葬式の時の、焼香のやり方もよくわからない。いつも隣りの人を見て適当にする。

●お茶は全くわからない。時々和食屋でお抹茶が出てくるが、コーヒーを飲むようにしてふつうに飲む。

●正式な口上というのが出来ない。結婚式やお葬式の時に、何か言うらしいけど、言ったことがなくゴニャゴニャ口の中で何とかごまかしてる。

●だらだらお喋りすることはあっても、人に相談を受けたことはない。そのかわり自分のことはよく相談するけど。

●子どもたちによく「ママって、もー」と呆れられるが、家族が仲のいい証拠だと思う。尊敬される親より、仲よし親子でありたい。

●お心づけとかチップをしたことがない。旅館に行っても知らん顔をしている。だってやり方知らないんだもん。

●アイドルやテレビドラマの話題で盛り上がるとうれしい。自分もまだまだ若いんだなあと思う。

●いくつになっても、かわいい女性と言われたい……。

というようなことが、いったいいくつあてはまっただろうか。ちなみに私もかなりの数○印だ。

子どもの頃、四十代の女性というのは、大人も大人、もう老いの方に向かっていく人たちであった。けれども完全に大人で、すべてのことを上手に取り仕切っているようであった。私の母や伯母などは、世の中にも一目置かれ、さまざまなことを相談された。〝長老〟の風格さえあった。しかし今、外見が若くなっている分、中身は幼くなる一方だ。外見とは別に、中身で若い人の憧れとなるようなことがいくつ出来るだろうか。「いずれ私たちもこうなりたい」というシーンを、見せてきただろうか。

アホな若者の二十年後、といった中年が、やたら増えたような気がする。

歌舞伎座に浴衣で出かけるという美意識の欠如に、私は呆然とする

夏の着物は本当に美しい。

絽《ろ》や紗といった透きとおるものに、宮古上布や越後上布といった織物が加わる。ぴしっと夏の着物を着た女性が、パラソルを差して歩く姿は、まわりの風景を一変させてしまう。暑いアスファルトの上でも涼風が立つのだ。

また京都の下町で、お年寄りがぐちゃぐちゃと、いかにも慣れた様子で浴衣を着ているのもカッコいいものである。ワンピース感覚で何の気負いもなく着ているからだ。

最近は忙しくてなかなか行けないのであるが、昔はよく祇園祭の頃の京都へ出かけたものだ。冷酒を飲み鱧《はも》を食べる、そしてお茶屋で遊ぶ大人だけの贅沢。

食べ物もさることながら、京都の花街の女性を見るのが本当に楽しみであった。真夏の盛装だと、観世水《かんぜみず》や秋草を染め出した絽であろうか。舞妓さんは日本髪の鬘《かつら》をつけ、ひきずる

くらいの長いものを着る。

あれは遊び慣れた人に招かれた真夏の夜であった。電気を消し、すだれ越しに盛装の芸者さんが四人立った。そして向こう側にほのかなあかりをつける。闇の中に、彼女たちが浮かび上がる計算だ。そして「秋の虫」とかいった踊りを披露してくれた。

そんな女性の着物姿を見ている私にとって、昨年の夏の歌舞伎座は驚きであった。浴衣姿の女性たちがどっと押し寄せたからである。

私が思うに歌舞伎座は「着物の甲子園」である。ここは全国の着物美人が集まるところとされた。ロビイで挨拶する梨園の夫人たちの、洗練されて綺麗なことといったらない。決して派手な目立つものはお召しでないが、すべてが垢抜けているのだ。

そしてたまに新橋の料亭のおかみさんや、オフの日の芸者さんを見かけることもあるが、こちらも人が振り向くほどの美しさ。こういう方に交じって、誰だかわからないが素敵な人がいっぱいいた。みんな歌舞伎座という「甲子園」をめざしてきた人たちだ。

年配の女性がさりげなく締める高価なつづれの帯や、ひいきの役者さんの紋を染めた訪問着の女性に、うっとりと見惚れたものだ。

ところがこのところ、歌舞伎座に着物で来る女性の中に、アレーッと目を覆いたくなるような人がいる。若い女の子が突拍子もない格好をしているならまだわかるが、中年と呼ばれる年齢の女性が、信じられないような格好をしている。

五月のある日、桜模様の訪問着の人が何人もいた。

「桜の模様は一年中着られます」

と言って売る呉服屋さんもいるらしいから、このへんのことは目をつぶろう。が、私がアチャッと思うのは、いいトシをした女が浴衣姿で歌舞伎座に現れることだ。昨年はやはり浴衣姿の旦那さんと一緒に、桟敷に陣取っている女性がいたが、やはり奇異な思いはまぬがれなかった。

よく若い女性雑誌が、夏になると浴衣の特集を組む。その中で、

「歌舞伎座もＯＫ」

と書かれているのを見るとげんなりしてしまう。ああ、またかと思う。この問題は現に何度か論議されたのだが、いつのまにか構わないということになったらしい。

「歌舞伎座の人も、浴衣で構わないって言ってます」

ということだが、そりゃそうだろう。相手はお客さまである。着るものについてあれこれ言うような失礼なことを歌舞伎座側はしないはずである。

夏の歌舞伎座の、美しい夏姿の人を見てほしい。透ける着物、あるいは織の着物をまとい、

ちゃんと足袋をはいている。そして小物もみんな夏物になる。半襟は絽か麻に、そして帯揚げも透けるものに替わる。帯締めもレース状のものが多い。

そういう人を見て、ああいいなあと思い、自分の浴衣姿が恥ずかしくなる。やっぱり木綿もペラペラの浴衣は、こういう場にそぐわないと感じる。こういうことを教養だとか感性というのではなかろうか。

中年の女というのは、もはやあまり失敗は許されない。若い時ならみんなが笑ってすませてくれることが、大きな意味を持つこともある。これは人生における、大きなどうのこうのということではなく、日常生活における美意識の問題だ。だからこそ大切にしたい。

何度でも言うが、浴衣につっかけで歌舞伎座に行き、絽の訪問着の女性を見て恥ずかしいと感じなかったら、もう着物なんか着ない方がいい。

ちなみに昨年、仲間うちの浴衣パーティーが開かれた。が、赤坂の真中のビアレストランということで電車で行くことにする。私は浴衣で出かけることに抵抗があり、小千谷《おぢや》縮《ちぢみ》にした。カジュアルな夏の着物だ。とても評判がよく、いろんな人に褒められた。若い女性の初々しく可愛い浴衣姿がいっぱいの会場で、こういうところにこだわってよかったと本当に思ったものだ。

心と体が欲しているので、一泊で京都へ行ってきました

若い時から、よく京都へ出かけていた。

三十代の半ばから着物が大好きになった私は、あちらで反物や小物を買ったりするのが無上の楽しみになったのだ。

友人も出来、通の遊びも教えてもらった。たとえば南座の顔見世興行に行く。その時は有名料亭のお弁当を席まで届けてもらう。名もない路地の、地元の人だけが行くバー、おいしいステーキの店……。

数え上げたらいろいろあるけれども、この何年かとにかく時間がなくなった。一泊して京都で遊ぶ、などということは、夢のまた夢という感じになったのである。

人生のスケジュールを間違えたな、と思うのはこんな時だ。

働き盛りの中年を迎えるということは、人生の豊かさもたっぷりと知るということだ。豊

かさの中で、「京都での遊び」は第一にあげられよう。ところが、この私ときたら育児のまっ盛りを迎えている。老親の介護もある。

友人たちからことあるたびにくる誘い。

「そろそろ鮎のおいしい季節だから、京都へ行かない」

「顔見世はどうするのよ？　蟹もおいしいよ」

などは、遠い世界のことのように聞いたものだ。

この夏、子どもがキャンプに行った際に、

「エイ、ヤ」と思って、京都行きのチケットを買った。祇園祭の後だったために、ホテルもすぐに取ることが出来た。

こんな風に、純粋に遊びだけで京都へ来たのは何年ぶりだろうか。この街のよさも、料理のおいしさも、つくづくわかるようになった年齢になったというのに、時間が全くなくなった、というのは皮肉だけれども仕方ない。

評判のカウンター割烹で、おいしい鱧をいただき、冷酒を飲む。その後はお茶屋バーをはしごしていく。お金持ちの男性が一緒だと、老舗のお茶屋さんへ繰り出して、芸妓さんや舞妓さんを呼んでもらうのであるが、今回はワリカンのためにそういうことはしなかった。

これは京都の人から聞いたのであるが、東京のＩＴ長者の人たちも、最近週末になると祇園や先斗町《ぽんとちょう》に遊びにくるそうだ。そういえばバブルの頃も、東京の不動産業者の男性たちが、週末やたら京都に来ていた。花見小路や祇園で知り合いに出会ったこともある。

やはり京都は、大人のエンターテインメントがすべて揃っているのだろう。

しかし昔の私はまだコドモだった。やたら有名店や名所にばかり行って、なんというか、深いところで京都とつき合おうとしなかった。今、京都と深いつき合いをしているのかと問われると困るのであるが、この街に求めるものは昔とは違う。

「何となく京都」から、「どうしても京都」という気持ちになっただけでもすごい変わりようだ。心と体が京都を欲しているのがわかる。

だからこそ、京都で行く店も厳選し、最後は静かなお茶屋バーを選んだ。なじみの、といっても、久しぶりに会う若旦那が、私に芸妓さんの名を書いたウチワをくれた。

「○○さんが、ハヤシさんに会ったら渡してくれって」

現役の芸妓さんが経営するバーに、仕事の帰りに寄ったのはこの春のことだ。それでも私のことを気にかけてくれていたのだ。京都の人に意地悪なところがあるのは確かだが、こういう気遣いは憎らしいほど巧みで、私はすっかりいい気分になってしまったのである。

「大人になったら、三ヶ月に一度は京都に来たいな。ここぐらいリフレッシュさせるところはないもの。三ヶ月にいっぺんが無理なら、せめて半年にいっぺんは来たいなぁ」

と友人に言ったらみんな頷いた。

「年をとればとるほど、ここのよさがわかるようになったよなあ。ここの街は、ガキは用がないんだもん。お金を持ってる大人だけに尽くしてくれる。この感じがいいんだよね。何だかんだ言っても、東京はガキ文化のところだもん」

なるほどね、と私は納得したのである。

次の日、仕事もあり朝九時の新幹線で帰った。昨日の夕方着いて、午前中に帰るというあわただしさだ。

新幹線代とホテル代だけで七万円を超している。食事代や飲み代を入れると、十万円は軽くかかっているだろう。十万円の夕食。とてつもない贅沢なような気がするけれども、この充ち足りた気分は何ともいえない。また京都で遊ぶぞ、東京で稼ぐぞと、私は座席でまどろみながら東京へ帰ったのである。

中年女性に憧れる若い男性の出現、日本もいい国になってきたものである

話題の総選挙が終わった。

今月いちばん話題になったのは、何といっても造反議員のもとに送り込まれた女性の〝刺客〟だったろう。

みんな四十代、五十代の女性であったが、たいてい〝美貌の〟と形容された。特に岐阜の一区に送り込まれた佐藤ゆかりさんは、インターネット上で大変な人気だったという。スキャンダルがますます人気をあおり立て、連日〝ゆかりたん〟と呼ばれていたそうだ。

政治家としての資質はさておき、確かに綺麗な女性だと思う。これまた週刊誌の情報であるが、フェロモンむんむんの美しさに、地元の男性たちがまいってしまったという。

これは我々中年女性にとって、喜ばしいことだ。

「政治家となる人が、そんなことで判断されていいのか」

という論議はまた後のことにして、ごく自然に四十代の女性がそういう対象になっているのである。ごく当然のこととして、四十代の女性の美しさが称賛され、多くの男性の心をつかんでいる。

「もうトシじゃん」

「オバさんじゃないか」

などという人はひとりもいないのだ。五十代の女性立候補者たちにしても同じで、「キレイ」とか「美人」という形容詞がふつうにとびかっているのである。

私が『満ち足りぬ月』という小説を書いたのは、今から十八年ほど前だ。中で三十四歳の主人公たちは何度も言っている。

「もう若くはない。もう男の人から愛されないかもしれない」

今から見るととんでもない、ということになる。三十四歳だったら、現役バリバリというよりも〝娘盛り〟といってもいいだろう。それほど女性における年齢というのは、様変わりを見せたのである。

私はインタビューに答える〝ゆかりたん〟をつぶさに観察した。そしてあることに気づいた。こういう経歴の人だからあたり前のことであるが、とても知的である。顔の表情を動かさず、あまり笑わない。クール・ビューティといってもいいが、もっと適した言葉は、もしれない。

「サービスをしない」

ということではないだろうか。

ちょっと若い人と話していてすぐにわかることであるが、最近の彼女たちというのはやたら無愛想である。ニコニコしているコもたまにはいるけれども、こちらはやや分野が違うかもしれない。

媚びというものを嫌う彼女たちは、「ふぅーん」とか「そうですか」という風にボキャブラリィが少ない。その代わりピカピカした肌がすべてをカバーしてくれる。見ていて楽しいものは、あえてサービスしなくてもいい、ということらしい。

反対に、いろいろなものが衰え始めたオバさんは急にサービスを始める。みなを笑わせようとするし、自分を三枚目にする。またここまでしなくても、マイクを向けられた時に、何か気の利いたことを口にしなくてはと中年の女性は考えるわけだ。

しかし「ゆかりたん」は何もしていない。彼女のクールな表情からは、サービス精神というものは皆無である。それどころか、

「あなたしっかりしなさいよ」

「つまらないこと言うもんじゃないわよ」

と叱られそう。

あ、そうか。ここまで書いて気づいた「ゆかりたん」人気の一部は、〝叱られたい〟という2ちゃんねる上の若い男の子たちと同じものかもしれない。そういえば、評論家の櫻井よしこさんも、男性にものすごい人気だ。中年のおじさんばかりかと思っていたら、若い男性も櫻井さんのことを好きだという。やはりそこには「叱られ」願望が混じっているようだ。

しかしそれにしても、なかなかいい時代が来たではないか。若い男の子たちが、知的で美しい中年女性たちに本気で憧れてくれるのである。昔、パリのレストランで見た光景。三十になったかならないかの青年が、目の前の五十代の女性の手をじっと握って離さなかった。ある人のホームパーティーでのアメリカ人の二人連れ。アメリカ大使館勤務の若い男性は、四十代後半と思われる、でっぷりと太った学者さんに夢中の様子を隠さなかった。来日したフェミニズム関係の彼女は、久しぶりに彼と会ったらしい。

「早く二人きりになりたい。自分の部屋に連れてきたいってイライラしているのよ」

友人が笑って教えてくれたっけ。あんな日本にもうすぐなるのね。

といっても残念なのは、この国の中年男性が相変わらず若い女性が大好きだということだ。どうやら私たちはすれ違いとなる運命らしい。

若い頃より格段に美しくなったと評判の私。

でも、誰も口説いてくれない謎

何度かお話ししていると思うが、最近私は「顔筋小顔マッサージ（今は造顔マッサージと改名）」というのに凝っている。ものすごい力を入れて、顔の筋肉をリンパ線に沿ってひっぱり上げていくというものだ。毎朝、十五分かけてこのマッサージをしたところ、輪郭がすっきりシャープになったばかりでなく、気になっていた法令線も薄くなった。おかげで多くの人から、

「顔が変わった。キレイになった」

と褒められる。中にはズバリ、

「ついにハヤシさんも〝お直し〟したわけね」

と聞いてくる人がいて、そういう人にはこの小顔マッサージのことを教えてあげる。こういうことにお節介な私は、このマッサージクリームを贈り、マッサージの講習もしてくれる

ショップの電話番号をメモし、いろいろアドバイスもする。

このあいだは、この顔筋マッサージの創設者というべき田中宥久子《ゆくこ》さんと対談した。先日カラーグラビア四ページに登場する際、田中先生が自らの手で私の顔を心と力を込めてひっぱり上げてくださった。もう私の顔は別人のよう。それによってたかって、スタイリストやヘアメイク、一流のカメラマンがついてくれるのであるから、そりゃあ綺麗に撮れた。こんなことは大きな声で言えないけれど、最近の写真、たいていのことはパソコンで修整してくれる。女優さんの顔にお出来になった皺やたるみは、一本一本編集者が消していくらしい。

しかしその私の写真は、担当編集者いわく、

「ほとんど手を入れていない」

そうであるが、実に美人に撮れていた。

この雑誌が出た後の反響はすさまじく、多くの人から電話やメールがじゃんじゃんかかってきた。

「ハヤシさん、いったい何をしたの!?」

そして同時にといおうか、ついでに多くの人が言ってくれる。

「ハヤシさんって、若い時よりも今の方が、ずっと綺麗で素敵よね」

こういうと自慢めいて聞こえるかもしれないが、いや、何、若い頃の私がひどかった話である。一時期、ものすごく太ったことがあり、今よりも二十キロ近く体重があった。化粧もヘタだし、洋服のセンスも最低。なにしろ服のサイズがないのだから、着るものだって限られてくる。歯列矯正していない口元はだらしなく、動作ものろのろと愚鈍そのもの（これは今でも変わりないか）。あれで男の人が近づいてきたら奇跡というものであるが、まあ、若く独身ということもあって、それなりにいろんなことがあった。

今の私はあの時よりも、はるかに洗練されて綺麗になったと思う（比較の話ですよ、念のため）のであるが、男性はこれといって誰もやってこないのは当たり前の話であるが、これはかなり淋しいことだ。

そりゃあ、男の人はいろんなうまいことを言う。

「ハヤシさんのような知的で魅力的な女の人といると、本当に楽しい」

「もう若いコといたって、何も楽しいことなんかないよ。そこへいくと、ハヤシさんと食事をしたり、お酒飲んだりするのって最高です」

「僕はハヤシさんのファンなんだ」

しかし皆さん、それ以上の感情をお持ちにならない。

「じゃ、アンタ、本当に口説かれたらどうするのよ。応じるつもり」

と友人たちに問われるのであるが、私の答えはひとつ。

「やぶさかではない」

嬉しいような気もするけれど、昨日まで男友だちだった人にそんなことされるのもわずらわしい。今のまま、楽しくおつき合いするのがいちばんいいのはわかっているけれども、誰ひとりそういうことをしてくれないというのも実に淋しいものである。その時になったらゆっくり検討してみるから、誰かちょっとそういうことを口走ってくれないかしら、という思いが、

「やぶさかではない」

という言葉になる。

最近、若い女優さんやタレントでちょっと目端のきくコは、頭のいいところを見せようとしてか、二十年後、三十年後のことを口にする。

「私、女としてのピークは、四十代、いいえ五十代でもいいと思ってるんです」

これって間違ってはいないが、お利口過ぎる答えである。やはり女のピークは、二十代後半から三十代に来なくてはならない。そこで男の人と、うんとスッタモンダする。そしてその余韻を中年まで引きずる、というのがいちばん正しいであろう。

中年になって綺麗になることは出来る。が、「色香を漂わせる」というのは、男の人とかなりいろんなことがなければ不可能だ。思い出もまた、女を美しくする要素である。

方針撤回！　逃げ場なき妻たちよ、後ろめたいことをしなさい

いまドラマの『熟年離婚』がすごい視聴率である。それだけ切実ということであろう。

つい先日、代々木公園に行ったら、紅葉の大木の下のベンチに、老夫婦が腰かけていた。

「まるで生命保険か何かのＣＭみたい」

と私はつぶやいたものである。銀髪のふたりは仲良く寄り添っていて、それが森の風景によく似合っていた。その時私は思ったものだ。今の中年夫婦の中で、こんな風に共に年を取り、寄り添っていける人が何人いるだろうか。

私の仲のいい四十代の友人で、ずうっと夫と別居している人がいる。二人の間に子どもはいない。

「どうして別れないの」

と尋ねたところ、

「老後がひとりじゃ淋しいからよ」

という返事で驚いた。十年近く別居している夫と、年を取れば仲よくなれると考えているのだろうか。たぶん彼女は、老いて穏やかになり、ひたすら自分を頼ってくる夫を想像しているのだろう。気むずかしくなり、経済的にもつらくなる姿など考えもしないに違いない。

それにしても四十代というのは微妙な年頃である。これが五十代とか六十代とかになると、話は別だ。子育ても終わっている。成人している子どもに親の離婚を告げたとしても、思春期のように傷つくことはあるまい。何よりも夫のゆくかたも定まり、「こんなものか」という方針が立つ。あるいは、

「これからもこんな状態が続くのか」

と具体的な未来も見えてくる。よほど魅力的な女性でない限り、恋人や再婚相手が現れるのはむずかしいから、かえってさばさばした気分にもなってくるだろう。だから五十代は、いさぎよく離婚出来るようだ。

しかし四十代はそうはいかない。前半の方なら子どもは中学生の人も多いだろう。そして困ったことに、四十代はまだ充分に若く美しい。若く美しいんだから、第二の人生も考えられるだろうと思うのは、まだ人生をよく知らない人である。

まだ若く美しいゆえに、夫の愛もまだ完全には消えていない。あるいは、消えないだろう

と妻本人も思い込み、やり直しが利くと思ってしまうのだ。

そして四十代がなかなか離婚出来ない理由は、もうふたつあると思う。夫が四十代だと、社会的にも経済的にも充実してくる年頃である。五十代のように「先が見えた」状態ではない。それゆえ、夫への依存心は強くなる。今のこんな生活が出来るのも、夫ゆえと思う心は、どうにも否定することが出来ないだろう。

また私のまわりで、W不倫の末、四十代同士が見事再婚、という例もないことはないが、かなり珍しいことと言わなければならないだろう。四十代が婚外恋愛する場合、相手も既婚者、というのがほとんどだ。その場合、女房子どもを捨てて、他の女性、しかも夫や子どもがいる女性と結婚しようとする男が、はたして何人いるだろうか。私が知っている限り、W不倫の末、再婚、という例の多くの場合、女性に子どもがいない。お互いに子どもがいると、つらくて高いハードルをいくつも越えなくてはならなくなる。

そんなわけで、四十代の夫とうまくいっていない女は、いじいじとした日をすごすことが多い。その数は驚くほどだ。

「そんなにつまらない日常をおくるぐらいならば、さっさと離婚すればいいのに」

と無責任なことを言う人がいるが、そんなに簡単にいくはずはない。世の中にシガラミはつきものなのである。パシッと断ち切ることが出来ないから人生は面白い、などと思うのは、私がたぶん作家というヤクザな仕事をしているからだ。

それならば、離婚する勇気もないが、ウツウツした日々をすごしている女は、いったいどうしたらいいか。答えはひとつしかない。

「後ろめたいことをしなさい」

私はこのページで、人妻が夫以外の男を好きになった場合、かなり問題が生じる、ふつうの人は避けた方がいい、ということを言ってきた。が、もう事態はかなりのところまできているようだ。

子どものことが心配で、経済的なこともある。だから夫と別れられない。そんな自分がすごくイヤッと思うならば、ちょっと悪いことをしなさい。人間、後ろめたいことをすると、配偶者に対してとてもやさしくなれるものだ。夫に対しての怒りも、自分の罪を思い出してなだめることが出来る。こっそりと誰も傷つけず、自分も傷つけない。こんな大人の恋が出来る女だったら、もう仕方ないかも。神さまも許してくれる。

大昔のジュエリーボックスを開けて思い出した娘時代の指輪物語

今年の春、パリのエルメス本店に行ったところ、バッグ売場はあいかわらず人がむらがっていたが、スカーフのウインドウの前は森閑としていた。

バブルの頃、ここに日本人がまるでバーゲン会場のように押しかけていたものだ。土産にするから、なんでもいい、十枚くれと叫んでいたおじさんもいた。人の合い間から手を伸ばして、スカーフをつかもうとする人もいて、フランス人の店員さんに、ノン！　と注意されていたっけ。

しかし流行というのはおそろしいものである。今、スカーフをしている人をほとんど見ない。その代わり、復活してきたのがアクセサリーである。この秋冬は、ネックレスやブローチなしでは、コーディネートがきまらないほどだ。

アクセサリーボックスを開けて、さあ、困ったと思っている人も多いだろう。私もそうだ。

この数年のノン・アクセサリーの流れで昔のものはほとんどどこかへいってしまった。

「とにかくつけりゃ、いいんでしょ」

という精神で、五千円、六千円のデザインの面白いものをかなり買った。しかしどうもちぐはぐだ。中年の胸元に、オモチャっぽい安物はやはり似合わない。

そうかといって、ハイジュエリーで、流行の大ぶりのものとなると、それこそ目の玉が飛び出るような値段である。なんとか少ない手持ちのもので、今っぽく見える方法はないものだろうかと、私は毎朝鏡の前で思案する。

真珠は大好きで、いくつか持っている。結婚式にあつらえたネックレスは粒の揃ったいいものであるが、長さが中途半端だ。そんなわけで、今っぽい長さのものを今年つくってもらった。二連のものはそう高くなく、スーツにとても重宝した。もう一本は知り合いの宝石屋さんが、

「こんなに粒の揃った連は、めったに出ませんから」

と持ってきてくれたもの。かなりいい値段でエイ、ヤッと思って買ったが、これもとても気に入っている。長さも短めでちょうどいい。

しかし真珠というのはとてもむずかしく、黒い服に合わせると、どうしてもオーソドックスになってしまう。ヘタをすると、お通夜帰りに見える。事実、うちの近くに大きな葬場が

あるのだが、黒いスーツにパールを合わせて歩いていると、「○○家」と案内の札を持った人に、「ご苦労さまでした」と頭を下げられる。

ファッション誌を見ていると、黒い服には、やはり色のついたアクセサリーを合わせているようだ。いいな、と思って値段を見ると、たいてい十万以上する。が、このあたりが大人のアクセサリーの分かれめのようである。

ところで久しぶりに、私は古いボックスを取り出した。十数年以上前に使っていた、アクリル製の小さな引き出しである。この中に何か〝お宝〟はないかと思ったのだ。あるわけはない。大昔、パリのノミの市で買ったブローチとか、原宿で買った安物ばかりである。その中に、やや高そうな指輪やブローチといったものがある。

そのまた大昔、恋人と呼んでもいい男の人たちが贈ってくれたものである。それを見ていて、しみじみ思った。

「私の戦利品って、本当にたいしたことないなあ……」

男の人の心をお金で計るのは下品だと思うものの、やはり悲しくなってくる。ブランド品は、ティファニーが一個あるだけだ……。

男の人は、女にお金を遣うことによって執着を持つ、というのが私の持論であるが、この程度のものでは、別れるはずである。

が、この私とてお金持ちとつき合った時、「何か買ってあげる」と、ハリー・ウィンストンの前で言われたこともある。

「いい、そんなー。こんな高いもの」

と後ずさりした私。なんていくじのない女の人生だったろう。

そう、そう、この指輪は、六本木のジュエリー店で買ってもらったものだ。が、私は恋人に本当のサイズを言えずにかなりごまかした。そのためはめることが出来ず、こっそりと夜遅くその店を訪ねたっけ。高速の下のひっそりとした店は、防犯のためにドアを施錠していた。「開けてください。サイズを直して欲しいんですけど」と、ガラス越しに叫んだ二十九歳の私。

久しぶりに取り出したアクセサリーボックスは、私にさまざまな思い出を甦らせてくれたのである。

ジーンズを愛用するようになった私。

「マックスマーラの42」は死守せねばならない

「オバさん、若づくりしないでくれる」

私がジーンズをはくと、必ずといっていいぐらい夫がそう言う。どうやら夫の頭の中では、ジーンズイコール若い人、という定義があるようだ。

「何言ってんのよ。今はね、中年の人だってみーんなジーンズはいてどこにだって行くんだから」

といっても、この何年か、私もジーンズから遠ざかっていた。原因は言うまでもなく肥満である。どこの店へ行っても、私のサイズに合うジーンズなど置いていなかったのである。

ところが二年前のお正月、山梨の実家へ帰った時のことだ。従姉とその娘につき合って甲府のデパートへ行った。従姉の娘は、わが一族の例に漏れずかなりぽっちゃり型である。彼女の洋服を買うために、あるコーナーに寄った時だ。なんかヘンだなあと思った。ソニア・

リキエルといったブランド物が置いてあるのであるが、やけに数が少ない。そしてディスプレイされている服が、どれも大きいのだ……。考えるまでもなかった。ここはL判コーナーだったのである。

うーん、L判コーナー、懐かしい。中央線沿線に住んでいて、昔からデブだった私は、伊勢丹の「クローバーコーナー」がご用達であった。あそこでたいていのものは買っていたのである。

が、歳月は流れ、私はL判コーナーなるところへ足を踏み入れなくなった。全くといっていいぐらいに。別に私が痩せたワケではない。大人になってお金が入ってくるようになり、インポートものを着始めたからである。ジーンズもいきつけの外国ブランドの店で買ったりしていたのであるが、わりと無造作に裾をカットされた結果、形が悪いものとなった。やはりジーンズは専門店で買わなくては、と思っているうち、すっかりジーンズから遠ざかってしまったのである。

そしてたまたま、そこのL判コーナーに行ったわけだ。当然ジーンズも置いてあったのだが、試着したところ、するすると入るではないか。それもいちばん小さいサイズが！（L判コーナーの）

この喜びは、おそらくふつうの人にはわからないと思う。今までジーンズをはくため、試着室でどれだけつらい思いをしてきたことか。ファスナーが上がらないどころではない。太もものところにデニム生地がはりついて、それ以上上にもいかず、ずり下ろすのにもひと苦労したことがある。

そう、そう、あれは六本木のドン・キホーテであった。これなら大丈夫と目算で試着を頼んだところ、えーっという顔をされた。あそこは試着室というところがないのだ。階段で上がり、スタッフルームというところへ連れていかれた。従業員休憩所の奥に着替えるところがあり、カーテンをひくようになっている。そこでジーンズを試したのだが、全然入らなかった。こんなところまで連れてきてもらい、外で忙しい店員さんを待たせ、それでも入らないつらさを、いったい誰が知ろうか。

さて、そのL判コーナーで買った、いちばん小さいサイズ（私もしつこいな）をしばらくはいていたのだが、すぐに捨てた。やはりシルエットがいまひとつだったのである。

今、愛用しているストレートとブラックのジーンズは、あるデパートのL判フロアの、しかしL判専用ではないジーンズショップで買ったもの。

誰でも思うことであろうが、ジーンズほど便利なものはない。何でも合うし、若さを演出してくれる。時代も大いに味方してくれているだろう。雑誌の定石どおりで気恥ずかしいが、ジーンズの上にシャネルジャケットを羽織り、パンプスを組み合わせると、我ながらキマったような気がする。高価なシャネルスーツを上下で着るというお金持ち臭を、ジーンズが救ってくれているのである。

今年は年明けのバーゲンに行き、マックスマーラでジーンズを三本新調した。ここのジーンズは格好いい代わりに股上が浅く、ちょっと太るとお肉が浮輪のようにつく。が、思いきってあえて挑戦した。言いたくないけれど、サイズは42である。

ここのところ、ダイエットがうまくいっていたのもつかの間、正月休みでたっぷりお腹に肉がついている。スリムジーンズと格闘する私に店員さんが言った。

「44もありますからお出ししましょうか」

「いいえ、マックスマーラの42をはけなくなったらジーンズはくのやめます」

ときっぱりと私は言った。そして今、そのジーンズをはいてこの原稿を書いている。ジッパーは開いたままだけど、あと一ヶ月のうちには、私も痩せるし、ジーンズも伸びるはず。標語をつくった。

「ダイエット、ジーンズは私の羅針盤」

この春は百花繚乱のバッグに夢中の私。大好きなバーキンがしっくりこなくなってきた

根っからずぼらな私は、一度同じバッグを使い始めると、ずうっとそれにしてしまう。黒のバッグを使い続けていると、中身を替えるのがめんどうくさくなり、そのために茶系の服を着るのをためらってしまうほどだ。茶系のバッグに替えるのがイヤなためであるが、ここまでくると本当にだらしない。

この冬、寒さのあまりしゃれっ気などどこかへとんでしまった。厚いタートルセーターにパンツ、コートというワンパターンでいつも外出してしまったのである。

こんなことではいけないと、ショップへ行き春物を揃えてきた。実はこの私、ガーリッシュな服に目がない。いつもは黒を中心にしたミニマリズムっぽいものを着ているのであるが、可愛いものを見つけると、ついふらふらと買ってしまうのである。先日はプラダの刺繍いっぱいの白プリーツスカートなど、ちょっと気恥ずかしいものばかり買った。こんな可愛いも

のを、大人はどう着こなしたらいいのか、買った後でハタと迷う。とりあえず黒のニットに、パールでも合わせてみようかな……。

それに白のバッグも一個購入。今年の春はもうバッグで決まりというぐらい、それこそ百花繚乱という感じである。ぐっと大ぶりになって、形、アイテム、いろんなものが出ている。本当に楽しい。

私が先日雑誌で見て「素敵！」と叫んだのは、パリコレに集まるファッションエディターの人がさげていたバッグだ。大きなグッチのマークの金具に、トリコロールカラーがほどこされている。さっそくグッチのショップに行ったのだが、同じものはなかった。私のおしゃれの師ともいえる、ファッション雑誌の編集長に聞いたところ、

「日本にはまだ入ってこないんじゃない。でもプレスの人に、今度聞いといてあげる」

と請け合ってくれた。

こうしてバッグのことばかり考えているうちに、エルメスがつまらなく思えてきたのである。いや、つまらない、というよりも、おとなしく思えた、といった方が正しいかもしれない。今を盛りのトレンディを、これでもかこれでもかと競っている他のバッグに比べ、バーキンはいかにも老舗風で端正な感じ。

が、どんな服にもバーキンを合わせている女性が、私にとってやや遠いものに見えてきた

のも事実なのである。

私とエルメスとのつき合いは古い。などと書くとエラそうであるが、初めて本店でこのバッグを買ったのは今から二十年前のことだ。まだショーウインドウにいくらでも飾ってあった時代であるから、三個いっぺんに買い、成田の税関に出したところ「十八万」と言われ、泣き泣き払ったのを昨日のように思い出す。その時親切に応対してくれた日本人の店員さんが今も本店にいる。そして何かと便宜をはかってくれる。だから私は、人の持っていないバーキンを手にするのが本当に自慢であった。今、毎日使っているバーキンは、三年前にパリの本店でオーダーしたもの。黒に赤のトリミングがしてあるデザインは皆に羨ましがられたものだ。

またパリに住む友人は、知り合いにバーキンを手に入れさせることを生き甲斐のようにしている人だ。しょっちゅう国際電話がかかってくる。

「マリコさん、今ならオーダーしてくれるから頼んどいたわよ。春らしいピンクはどう？」

「マリコさん、クロコはやっぱり買っとかなきゃ。黒の三十五センチ出たから、私が内金払っといたわよー」

もちろん私ひとりでそう何個も買えるわけもなく、何度も友人たちに声をかけた。聞くところによると、入手がむずかしいバーキンを買ってもらうために、間に立った人に手数料を払うことも多いという。もちろん私の友人はビタ一文も取らず、ただ好意でやってくれているだけだ。おかげでこの何年か、まわりの友人の棚にも、私の棚にもバーキンが増えていった。かなり持っている方だと思う。

しかし今年、流行の服を着てバーキンを持つと、なんかしっくりこないのである。大ぶりのバーキンにしてみても、全体がおとなしくなってしまう。コンサバなおしゃれが好きな人はこれでいいだろうけれども、私はもうちょっと冒険をしたいタイプ。今年は小物で遊ぶつもりなので、バーキン類はここしばらく棚の中で眠ってもらうことにする。

そう、そう、このあいだペットのチワワをバーキンに入れている女性を雑誌で見た。それもクロコの何百万もするバーキンにだ。かなり違和感がある。あとどんなパーティーにも、ドレス姿で大きなバーキンを持ち歩く人、色が服と全然合っていないバーキンを持っている人もヘン。日本のある年齢からの女性は、ここしばらくバーキン病にかかっていたのではないか。もちろん私もそのひとり。人よりも多く、変わった種類のものを手に入れようと目の色が変わっていた。若いタレントさんのコレクションを見て、ナニクソ、と思ったことさえある。

愛すればこそ、バーキン、ここしばらくは休んでいてほしい。もっと大人のいい女になった時に再び会おう。

悲鳴をあげたくなるほどのお金をかけて、
私は「女優歯」を手に入れました

地下鉄の駅を歩いている時、大きなポスターを前に、ウブな友人がしみじみと言った。

「若い芸能人って、どうして肌がこんなに綺麗なのかしら。見て、こんなに大きなポスターなのに、シミ、シワひとつないのよ」

「バッカみたい」

私はせせら笑った。

「こんなの、パソコン処理してるに決まってるじゃないの。知らなかったの？　今じゃ、たいていのことが出来るのよ。シワやたるみも消せるぐらいだから、シミなんてあっという間よ」

「えー、本当？」

ふつうの家庭の奥さんである友人は、しんから驚いたような声をあげた。

「本当だってば、私なんかこのあいだ、タレントさんと並んで雑誌の表紙に出た時、パソコンで脚を削ってもらったんだから」

こんな意地悪なことを言うギョーカイずれした私でさえ、若い芸能人たちの歯の美しさにはつくづく感心していた。少し前まで、八重歯がかなりひどい状態になっていた人たちも、それが可愛いとか言われて、テレビでアップになっていたものだ。が、今どきそんな人は皆無である。みんな歯のCMに出てもいいぐらいピッカピカで、歯並びがキレイ。

「すごいわよねえ、この頃の若いコって、みんな矯正してるのねえ」

と言ったところ、仲のいい歯医者から、

「テレビに出るような人は、かなりの率で差し歯ですよ」

と教えられた。子どもの頃に矯正した人も増えているけれども、それよりも手っとり早く差し歯にすることが多い。

「でもマア、歯ぐきも色が汚くなることが多いんじゃない」

「イヤだなあ、ハヤシさん。いったい何年前の話してるの。差し歯で歯ぐきの色が黒ずむなんて、よっぽど昔のことですよ」

だから、ハヤシさんも前の歯を直しましょうと勧められたのである。

全く歯の話をすると一冊の本が出来るほどだ。今から十数年前、私が矯正したことをご存

じの人は多いと思う。私はその頃、男友だちから、

「キミは顔の下半身がブスだ」

と言われて大層傷ついた。確かに私は口元がだらしなかった。東洋人にありがちな、口が前に出ている下品な顔つきだったのである。このため一大決心し、親知らずを入れて七本を抜き、本格的な矯正をすることにした。もちろんブリッジをし、寝る時はヘッドギアをするという、かなり長くつらい道のりであった。当時、大人で矯正する人は本当に珍しく、私のそれはかなり話題になったものだ。

医師は二年で終わると言ったのに、結局は三年半もかかってしまった。が、矯正を終えると、私の口元は確かに締まり、小顔になっていった。前に比べればの話であるが、顔がシャープになり、整形疑惑が飛び出すぐらい私はキレイ（マシ）になったと皆が言う。

ここまでは万々歳であったのだが、やはり年とってからの矯正は、すべてハッピーというわけにはいかなかったのである。いちばんイヤだったのは、目立つ前歯の間に隙き間が生じたことだ。ビンボーったらしいったらありゃしない。おまけに奥歯にも隙き間が生じ、ものを食べるたびにカスがはさまってしまう。人前で楊子を使うわけにはいかず、どんなに難儀したことであろうか。

「だったらもう一回矯正しましょう」

と言われ、はっきりとノーと言った。今さらこのトシで、ブリッジなんかしたくない。それならばと医師は、差し歯を提案した。

「日本でいちばんうまい技工士さんがやります。表面のエナメル質をちょっと削るだけでいいんですよ。元々の歯はそんなに削りません。ハヤシさん、今、差し歯の技術はすごいんですよ。芸能人並みの超綺麗な歯にしてあげますよ」

別に芸能人の歯になりたくないが、前歯の隙き間がイヤで、差し歯にすることにした。そして診断してもらい、見積書を見てひえーっと声をあげた。ものすごい金額なのである。

ああ、中年になってキレイになるというのは、なんと多額な金が必要なんだろうか……。が、今、私の歯は完全に「女優歯」となった。あまり気づかれないが、笑うと効果バツグンだ。写真映りもすごくよくなった。

しかしまたまた問題が……。あまりにもぴっしりと整然とした歯になったため、ものがくっつく。つい先日、素敵な男性とふたりきりで食事をし、帰ってきて愕然とした。歯に黒いゴマがついていたのである。まだ私は〝女優歯〟に慣れていない。キレイになるというのは、なんと注意深さも必要とするのであろうか。

可愛い服を着たい私と、もうやめた方がいいと言う私

今年はガーリッシュな服が流行だ。

いつもはシンプルなものを着ることが多いのだが、実は私、可愛いものが大好き。レースやオーガンジー、刺繍いっぱいの洋服を着ると心が浮き立つ。

そんなわけで最近、ミニマリズムな洋服が得意なブランドからちょっと足が遠ざかり、別のロマンティックなブランドものばかり着ている。

そこの白いオーガンジーの、お花の模様があるスカートに、ピンク色のニットを着ていたら夫が絶句し、ややあって言った。

「キミって、本当に若づくりだよね……」

夫は私の着るものについて、よくこう言う。どうしていいトシをした女が、ピンクやレースのついたものを着るか、本当に理解できないようなのだ。

「あのね、若づくりっていうけど、こういう服は、しかるべき年のしかるべき女が着るようになっているの。だいいち十六万円もするスカートを、若い人が買えるわけないでしょう」

本当にそう思う。私が高級ブランドの品物を使用するのは、その品質のせいだ。若い人ならば、ロマンティックな服を安い素材のもので着ても一向に構わない。かえって肌のピチピチが引き立つ。

しかし中年になってくると、可愛いもの、ロマンティックなものなど、上質の素材で念入りにつくったものでなければならないはずだ。どんなに愛らしいデザインでも、そうしたブランドのものは、中年の女性のことをちゃんと計算に入れてくれている。衰えた肌や体型を考えていてくれるのだ。

それでもやっぱり、ファッションの知識のないおっさんから見ると、

「なんていう若づくり」

になってしまうらしい。

先月のこと、久しぶりに春の着物をいろいろ出して、すっかりゆううつになってしまった。よく「着物が赤くなる」というけれども、顔が老けてくると、昔の着物は似合わなくなってくるのである。大好きでよく着たピンクや若紫の地は、今の私にはどう見ても派手派手しい。帯も大胆な柄ばかりだ。

そんなわけで、久しぶりに着物の展示会に行った。注文したのは、水色の地に幾何学模様の訪問着である。こういうタイプのものは初めてで、すっかり好みが変わったようだ。

「だからこそ、私たちの商売も成り立つんです」

と呉服屋さん。

「どなたも、若い時とはガラッと着物の好みが変わりますから、買い替えますよね」

そうかあ、今、大きな曲がり角にきているなあとしみじみ思った。

例のガーリッシュな服にしても、朝着て出て行く時は何とかなる。が、夜遅く帰ってきて鏡を見ると、そこにくすんだ顔のオバさんと、流行のものすごく可愛い服が……どう見てもアンバランスである。

「そうかァ、いろいろ考えているつもりでも、自分の着たいものと、似合うものとはもはや違うんだワ」

とつくづく思い知らされる今日この頃なのだ。

同い歳くらいの芸能人も見て、着こなしや服のセンスを見る。そして、私も頑張ってチャレンジしてみようかと考えるのだが、あれって本当にもの知らずかもしれない。彼女たちと顔もスタイルもまるで違うのだから、身のほどを知るべきなのだ。

とはいうものの、無難な服ばかり着るのはやっぱりイヤ。流行の服をまとう心浮き立つ作業を、絶対に手放したくないと思う。しかし試着室の鏡を見て、諦めるものは諦める。それはなんとむずかしいことであろうか。

そんなワケで、買い物の時に考える時間がとても増えた。いろんな知り合いのスタイルも思い浮かべる。

Aさんは芸能人ではないが有名人である。私はこの方のファッションにかねがね疑問を持っていた。もう四十代後半なのにマイクロミニにブーツ。先日、夜の六本木でばったり会った時は、エンゼルハット（今はなんて言うのかな？）をかぶっていた。ハードレザーのものもとても多い。

しかし先日ある雑誌を読んでいたら、彼女のファンが、彼女のファッションを讃えていた。

「あの年齢でストリートファッションだなんてすごい」

なるほどな、そういうことか。強い個性とオーラを持っている人は、もはや年齢を突き抜けた大きな好みが許されるのだ。夫の言葉に傷つき、あれこれ悩むふつうのオバさんの私には、所詮その程度の度胸しかなく、その程度のものしか着られないのである。

すっかりワインにハマってしまった私。体重問題と葛藤しながらグラスを傾ける日々である

いつもライバル誌のことばかり話題にして恐縮であるが、ある雑誌が「林真理子さんキレイの秘密」と銘うって、十六ページの特集を組んでくれた。

嬉し恥ずかし、こんなに褒められていいんだろうかと思うほど、礼賛の言葉で充ちている。中年以降、努力しているところを認めていただいたのであろう。

確かにふつうの人よりは、ずっとお金と手間をかけている。歯を直し、毎日小顔マッサージをし、週に二回は家にトレーナーに来てもらいストレッチ体操。整形以外のことはみーんなやってきたし、これからもやっていくに違いない。

が、ここにきて、私のダイエットの強敵が現れた。それはワインである。このトシになってハマり始めてしまったのである。

もともとお酒が大好きな私であるが、この数年来は体重のことを考えてウーロン茶でじっ

と我慢していた。おかげでお酒の席があんまり楽しくなかった。うちの呑兵衛の夫に言わせると、

「早く帰りましょうよ」

としきりに催促するうえに、

「飲まない人間がひとりいて、シラーっとこちらを観察されているのは本当にイヤな感じ」

なんだそうだ。しかし別に夫と、そのまわりの男友だちに好かれなくたってどうということもない。私はずーっとウーロン茶一本槍であった。もちろん素敵な人とふたりきりで食事をする時は、ワインや日本酒をいただく。が、どうということのない相手とは、絶対に水かウーロン茶ときめていた。

こんな私であるが、いま流行のワイン会には二つ入っている。一応名目上、

「林真理子さんを囲むワインの会」

ということになっているが、まあ、私をダシにして若い女の子を呼ぶこともある。どちらもお金持ちの男性が多いので、ものすごいヴィンテージワインを持ってくる。それをおいしくいただきながら、絶対にワインにハマるまいと心に誓う私。お金もかかるし、それより何より体重にはねかえる。私は体重のコントロールが苦手な人間なので、ワインにのめり込んだら大変なことになるであろうと……。

とはいうものの、ワイン会は出席者が一本持っていくきまりなので、私もあれこれ本を読むようになった。今まで行かなかったワインショップの棚ものぞく。あんまりヘンなものを持っていくわけにもいかず、うちのワインセラーと首っぴきであれこれ調べるようになるうち、そう、小金持ちの都会の中年がかかる病い、ワイン病にかかってしまったのである。

もともとは凝り性の私のこと、本もどっさり買い込み、ひまさえあれば勉強している。何よりも飲むこと、飲むこと。二日にいっぺんはどこかで飲むし、そうでなかったらうちで夫と栓を抜く。このあいだはたまたま通販で買ったチリのワインがとても気に入ってしまった。私の好きなどっしりとした赤である。チリにしてはかなりいい値段であったが、すぐに一ケース買い占める。そしてワインの雑誌で調べると、専門家たちも絶賛の二〇〇二年であった。星が四つついている。

「あーら、私、なんの知識もないけれど、ちゃんと舌がわかってるじゃん」

すっかり得意になり、夫とまた一本空ける私。この頃は食事というと、親しい店だと必ずといっていいほどワインの持ち込みをさせてもらう。

そして私が心にいましめていることが二つある。それは女だからといってタダ酒を飲まないということだ。ワイン会の男性たちはいい人ばかりで、

「今回は女性はいいよ。男たちが持っていく分で充分だから」

と言ってくれるのだが、それに甘えてばかりはいないようにする。二回に一度はちゃんとそれなりのワインを持参するようにする。若く美しい女性なら、その場にいてくださるだけでありがたい。おじさんたちがいいワインをふるまうのもあたり前だ。しかし中年のオバさんで、しかもワインのことをあまり知らない女性は、かなり気を遣ってもいいかもしれない。平然と高いワインのご馳走になるのは許されない行為だ。そしてもうひとつ注意していることは、決して知ったかぶりをしないことである。ワインに詳しい人は本当に勉強しているし飲んでいる。そういう人にかなうわけはない。男の人がワインを語るような時には、「聞いて、聞いて」料も入っているのだ。これだけ心して、さてレストランへ。お酒の力は本当にすごい。アルコールなしとありでは、食事の楽しさが十倍違う。しかし「中年になってキレイになった」ハヤシさん。いったい体重どうする気?

私の夫は見た目が素敵である、というテーゼから導き出されたある結論

週刊誌の身の上相談を読んでいたら、こんな記事が載っていた。

相談者の夫は超一流大学を出ていて、有名企業のエリート社員だ。子どもは有名私立中学校に通っている。世の中からはセレブ妻と呼ばれ羨ましがられているが、夫は家の中では暴君で、たえず私のことをバカにし、時には暴力をふるう。別れたいと思うのだが、子どものことや生活を考えると、なかなか決心がつかない……。

これを読んで、

「バッカみたい。すぐに別れればいいじゃないの」

「いくらセレブ妻と呼ばれても、一生ひどい人生をおくるつもりなのかしら」

と言うのは簡単である。が、女というのは実に複雑な心理を持っているものだ。ことはそう単純ではない。

こんなことを言うとノロケているようであるが、うちの夫は外見がそう悪くない。結婚した頃はダサいおじさんであったが、髪も床屋に行っていたのが、私行きつけのサロンになり、おしゃれもあかぬけてきた。若かった頃はガリガリに痩せていたけれども、中年過ぎて少々肉がついてきたのもよかったようだ。かなり薄いもののハゲてもおらず、デブでもない。背が高くてほっそりしている。まあ、私のまわりの五人のうち三人ぐらいは、

「本当に知的で素敵なご主人よね……」

ぐらいのことは言ってくれる。海外の仕事が多いので、旅行に出かけると英語も出来てかなりつかえる。私もピシッとおしゃれをし、二人連れ立って歩くと、まあ、五人のうち二人ぐらいは、

「カッコいいカップル」

ぐらいのことは言ってくれる。

しかし、この夫が超ワガママのこうるさいおやじだと誰が知ろう。妻はうちにいるものだと思っている古いタイプで、自分も毎晩うちでご飯を食べる。その際、うちの中が散らかっている、ハンドバッグが出しっぱなしだと小言ばっかりだ。気にくわないことがあると口もきかない。

そのわりには、よく遊んでいると言われそうな私であるが、夜出かける時はビクビクドキ

ドキ、ものすごく気を遣っているんだから。あらかじめスケジュール表を提出し、相手の顔色をうかがう。

　親しい友人たちは、

「トーゴーさんっていい人だけど、私の夫だったらちょっと……」

と言っているぐらいなのである。

が、結婚生活ももう十六年も続いている。私のような仕事をしていると、離婚など珍しくもなんともない。このあいだ久しぶりに会った人から、

「ハヤシさんって、まだご主人、同じ人だったっけ」

と聞かれたぐらいであるが、

「まだ替えてませんよ」

と、答えておいた。

　男の何に重点を置くか、というのは人それぞれであろう。男性の学歴や社会的地位、経済力だ、という女性はまだかなりいる。が、私はそうしたことにほとんど魅力を感じなかった。朝、電車に乗っていると、汗っかきのデブ（失礼）とか、貧相な小男（失礼）、ぽっちゃりとした醜男（失礼）が乗り合わせてくる。みんなちゃんとスーツを着ているからには、ちゃんとしたサラリーマンなんだろうなあと思う。そして、こうした男の人ひとりひとりに奥さ

んがいるのだ。私は仕事柄、社会的地位が高かったり、うんと収入の多い男の人と会う機会も多いが、中にはうんと下品な人もいる。自分の浮気の話を滔々とする人もいるが、こういう人にも奥さんがちゃんといると思うと不思議である。

私の友人が東大大学院卒の超エリートにプロポーズされた。が、彼はうんとチビのさえない容貌だという。

「あのさ、東大卒っていうのをタスキにかけて歩けるわけじゃないでしょ。一緒に歩いてたらただのチビじゃん。それでもいいの？」

私はアドバイスしたのであるが、よけいなお世話だったらしく、彼女はすぐに結婚した。街中でこの夫婦に会ったことがあるが、やっぱり「あんなのいらない」と思った私。

が、向こうにしてみれば、

「ふん、そっちはただのサラリーマンじゃん」

ということになるのであろう。

が、ある夕暮れ、グレイのスーツを着た夫とレストランへ行く。席に着く。第三者として眺めても、そう悪くないと思う満足感。まわりの人たちが、こちらを羨まし気に見ているのではないかという思いは、どれほど私を支えてくれるだろう。女はさまざまにミエっぱりだ。自分がその男をどう思うかでなく、世間からどう思われているかというモノサシで生きていける愚かさを持つ。それもひとつの生き方だと肯定できるほど、たいていの女は強いのである。

若さの象徴は高い位置のバストトップだが、垂れた中年の胸元も、清々しいものである

　このところダイエットをさぼっていたら、アッという間にオバさん体型になってしまった。いや、オバさん体型がさらに強固になった、と言った方がいいかもしれない。

　街を歩いていたら、ウインドウにまぎれもないオバさんが映っている。ヨタヨタ歩いているさまも中年っぽい。全体のシルエットが丸っこくなってくるのである。

　つい先日テレビのワイドショーを見ていたら、新番組の記者会見の様子が流れてきた。『不信のとき』といって、奥さんと愛人との間で揺れ動く男性を描くらしい。なんと本妻役が米倉涼子さんで、愛人役の方が松下由樹さんだという。どちらもイブニングドレス姿であるが、スタイル抜群の米倉さんはもちろん肩がむき出しだ。片や松下さんの方はストールをかけている。ある程度以上の年齢の女性なら、すぐにピンとくることであろう。

「あ、私と同じことしてる」

そう、二の腕を見せたくないからストールを羽織っているのだ。もちろん松下さんは女優さんだから、ふつう以上の美貌とプロポーションをお持ちだが、やっぱり記者会見にあたっては考えたのだろう。ストールを使ってしまった。私もよくフォーマルドレスの上にこれをする。が、とたんにオバさんっぽくなってしまうんですね。しかも夏にいかにも暑くるしい。松下さんが本妻役なら、これといって問題はなかったのに……。

さてこの頃街に出ると、目のやり場に困るようなことが多い。「巨乳」などという言葉は恥ずかしくて使いたくないが、細っこい女の子がゆさゆさ胸を揺らしているさまは、やはり目を見張ってしまう。多少ぽっちゃりしているコが豊かな胸を持つのはわかるが、この頃はスリムなコでさえ、胸がどんどん大きくなっているようだ。

時代の流れというのは怖ろしい。またまたこんなことを言うとオバさんくさいのであるが、私の若い頃は、胸が大きいというのはとてもイヤなものであった。頭が悪そうと言われ悩んでいた友人もいた。少なくとも他人にアピールしたり、強調するものではなく、胸の大きい人は絶対にぴったりしたニットなど着なかったものである。

それが見よ、胸が大きいのがカッコいいことになったら、女の子たちはこぞってピチピチの服を着、ゆさゆささせて歩く。人間の体の不思議さで、日本の女の子の胸はどんどん大きくなっているようである。

ああ、惜しいことをした。もうちょっと遅く生まれていたら、私もセールスポイントになり得たかもしれない。もっと男の人にモテて、華やかな青春をおくったかもしれない。

どんなに頑張ってトレーニングに励んでも、胸の筋肉は落ちていき、バストは次第にしぼんでいく。

「だったらいい下着がいっぱいありますよ」

若い友人が教えてくれた。

「私、もともとバストがないんで、上げ底したうえに、寄せるタイプのものを使っています」

十年以上前、バストを一・五倍に見せるブラが発売され、マスコミがやたら騒いだ。私などすぐに買いに走ったクチであるが、あのブラの流れを汲むものらしい。

「この頃の服って、胸ぐりが大きいでしょう。ここにやっぱり谷間をつくりたいんですよ。谷間が出来るのと出来ないのとでは、男の人の視線がまるっきり違いますからね」

私は別に男の人の視線をひきつけたいわけでもないが（そうでもないか）、最近バストの位置が下がっていることを気にせずにはいられない。若い女性とオバさんの体型の違いは、いちばんが胸まわりと、二番めがバストトップの位置である。高い位置で前に張り出したバストは、若々しいエロスの象徴である。

そんなわけで私も上げ底ブラを買った。確かに大きく見える。谷間も出来る。が、ますますオバさんくさくなってきたのである。

このブラをして座ると、大きくなったバストがどさりという感じで垂れる。そこに腹のお肉がもうひとつ段を作るから目もあてられない。それにブラウスのボタンの間に隙き間をつくるのもだらしない感じだ。

私はいつものベージュのふつうのブラに替えた。そのとたんボタンはきちんとおさまり、上半身がずっとスッキリしたではないか。こっちの方がずっといい。

失ったものはもう追うまい。

心に決めた。そういえばある女優さんが、年とるとバストが下がって、第三ボタンまではずせる。とても清々しい胸になるのよと言っていた。そうか、清々しいなら最高じゃないか。

胸もお腹も清々しく、姑息な手段はもうとるまい。

ほとんど着ないのに、私がまだ着物愛好家である理由

ここのところ、わが家の財政がえらくピンチに陥ったのは、いつもの倍の買い物をカードでしたうえに、久しぶりに着物をオーダーしたからである。

私は着物愛好家のひとりとして、本も書いているぐらいであるが、着物というのは本当に高い。いや、高過ぎると思う。お金がいくらでも入ってくる大金持ちの奥さんならともかく、自分で働いている女だったら、ちょっとひるむような金額が請求されるのである。値札を見ていても、やはりヒエーッと思う。

このあいだから、着物の展示会に行ってはつい何回かオーダーしてしまった。ひとつやっとのことで払い終えると、またすぐに次の請求書がやってくる。

「ゆっくり仕立ててくださいね」

と言っているのに、あっという間に畳紙《たとうがみ》にくるんだ着物が私のところに届けられる。そ

して一緒に請求書も……。

人は言うであろう。

「そんなにお金が大変なら、その場できっぱりと言えばいいじゃないの」

しかし呉服屋や展示会にいったん足を踏み入れると、そういうことを言えないシステムになっているのである。私のようにミエっぱりで、しかも気の小さい（ホント）女の心理など、あちらはとうにお見透しである。

「高くてちょっと……」

などと思い切って言おうものなら、

「ハヤシさんのような方がご冗談」

と一笑に付される。そして急に真顔になり、

「ご冗談でおっしゃっているのはわかりますけど、何でしたら分割で……」

と膝を進めてくる巧みさ。

このあいだは、

「地の色が気に入らない」

と私にしてはきっぱりと告げたら、

「そんなもの、すぐ染め直させます。今すぐ職人をここに！　それ○○さんを呼んでーッ」

と大騒ぎになってしまった。

これで着物をしょっちゅう着ていたら、モトを取れるのであるが、私はふだんほとんど着ない。

「ハヤシさんはコレクターだから」

と、人からからかわれる由縁である。

どうして着物を着ないかというと、自分でうまく着付けを出来ないのと、後始末がめんどうというごく平凡なものである。着付けを習い、日舞を習っていた頃は、小紋ぐらい自分でチャッチャッと着た。しかし今はすっかりヘタになってしまい、家に着付けの人に来てもらう始末だ。

紬は何とか着られると思うが、あれを自分流にくだけて着付けていくと、どう見ても「中年の女流作家」となってしまう。シャネルやプラダを着ていく方が、ずっとおしゃれで若く見えるような気がするのである。

とはいうものの、着物を着ていくと、本当にみなに喜ばれて、こちらが恐縮するぐらいだ。私は自分が選考委員を務める文学賞の授賞式は、出来るだけ着物で行くようにしている。受賞者が女性だと遠慮するけれども、紋付きのものをきちんと着て行くと、主催者側の方が必ずといっていいぐらい、

「ハヤシさん、今日は着物でありがとうございます」

と声をかけてくださるのである。

それよりも効果的なのは、夜のお食事の時であろうか。しかし男性と一対一の時は着て行かないようにするのが鉄則。その後何があるかわからないから、というのはウソで、オバさんっぽく見えるきらいがあるのと、やたら目立つからである。

私が時々着物姿で行くのは、数人の個室でのお食事。フレンチや割烹、高級中華といった店だ。特に夏に着物で行くと本当に歓迎される。

「へえー、それって絽っていうんですか。透けてきれいですね」

と若い男性でも目を輝かせたりするのである。

このページでも以前お話ししたと思うが、いいトシをした女が浴衣姿でいられる場所は限界がある。家の中かその付近だ。以前、歌舞伎座で浴衣姿のおばさんたちのグループを見てギョッとしたことがある。半襟をきちんとつける夏の着物にし、足袋を履くべきである。

などということを言っているうちに、季節は秋になり、単衣《ひとえ》の季節になってきた。この単衣というのがクセモノで、持っている人が少なくなんかややこしいものになってきた。呉服屋さんは、他の着物でもなんでもいいからとにかく売れて欲しいから、

「今の季節は冷房が効いてますから、九月でもふつうの袷《あわせ》でよろしいんですよ」

などと平気で言う。かくして九月のパーティーに裏つきの着物が目立つことになる。

全く着物ぐらい理不尽なものがあろうか。いろんなルールがあり、お金と手間がかかり、着てれば着てるで、あれこれ人に言われる。なくたってまるっきりいいもんじゃないか。そうだ、もう着物なんかやめて洋服ひとすじで行こうと思うのであるが、やはり離れられない不思議な衣装。ムダなお金を遣い、いつも後悔にかきくれる。着物は女の修行をさせてくれる。機会があったら、ハマらないまでもちょっと触れてほしい。

主婦たちの不倫願望の低下に、悩める恋愛小説家なのである

先日ワイドショーを見ていたら、例によって「妻の浮気」をテーマにしていた。何人かの既婚男性にアンケートをとり、

「どこまでが妻が浮気をしていると思うか」

と問うている。私は当然最終段階だと思っていたのであるが、キスどころか、

「男の人と二人きりで食事をしている」

を浮気とみなす人が大変なパーセンテージになっているのに驚いた。

「それならば、私なんかしょっちゅう浮気してるじゃん」

仕事柄許されるのかもしれないが、私はしばしば男の人と食事をしている。ふたりきりでお酒を飲むこともある。しかしあれを浮気と思ったことは一度もない。相手もそんな気持ちを抱いていないのがわかるから、私も安心して飲むのだけれども。

恋愛小説をよく書いているせいか、私はよく質問を受ける。

「あなたの小説みたいに、世の女たちはみんな不倫してるんですか。本当のところはどうなんですかね」

私の答えはこうだ。

「世の中の夫たちが考えているよりもずっと多く、マスコミが喧伝しているよりはずっと少ない」

たぶんあたっていると思うが、ちょっと減る傾向にあるかもしれない。

もう十年前のことになるが、下から有名お嬢さま学校をあがってきた奥さんたちと親しくなったことがある。『不機嫌な果実』という小説を書くきっかけになった女性たちだ。みんなレベルの差こそあれ、エリートと呼ばれる男たちと結婚し、子どもを当然のように自分の出身学校に通わせている。彼女たちは、きっぱりと不倫願望を否定する。

「私たちのまわりじゃ、そんなリスクが大きいことは誰もしていません」

ときっぱり。なるほどリスクねえ、と笑ってしまった。

が、別の意見もある。私の年下の友人で、大変に色っぽい美人がいる。私はかねがね、

「あの美しさというのは、健全な主婦のそれではない」

と言っている。ある時酔ったついでに、

「あなたって恋人いるでしょ？」

と尋ねたところ、中学生の子どもが二人いるとは思えない艶っぽい笑みでこう返してきた。

「あら、マリコちゃんだっているでしょ？」

突然こんなこと言われた嬉しさに、私はもう二の句が継げなくなってしまったほどだ。

まあいろいろ意見があるが、私は最近、四十代の主婦が本当の恋を獲得する小説を書いた。じわじわと版を重ねているものの、売れゆきは『不機嫌な果実』に遠くおよばない。

これは私の小説家としての勘であるが、この数年というもの、女たちの不倫願望はかなり低下しているのではないだろうか。理由はいろいろ考えられるが、だいいちにあげたいのは、たいていの女が夫で完結できている、ということだ。私の知っている若いエリートたちは、たいていハンサムで感じがよい。昔のように性格が暗かったり、ブ男というのは少なくなった。マイホームパパで、奥さんや子どもを大切にする。あれでは妻の方もそれほど不満を持たないのではなかろうか。

にばんめにあげられるのは、世の中全体の性のエネルギーが、とても低くなっていることだ。セックスレス夫婦などもう珍しくもない。そして妻の方が不満を持っているかというとちょっと違う。

「子どもの世話や何だかんだで本当に疲れているから、別にしなくてもいい」

という声を何人かから聞いた。

そしてこれは大きな原因だと思うが、今、三十代、四十代になっている女性は、結婚前に一応の恋愛経験を積んでいるはずだ。男の人の不実さ、恋だ、愛だという不確かさも充分知ってのうえ、最後に選んだ男と結婚したはずだ。今さら不倫などという、しんどいことをしたくない、というのが本音であろう。

私の友人で大変な色事師がいる。ちゃんとしたサラリーマンで、もちろん奥さんと子どももいる。が、まめなうえに男としてちょっといけるところもあって、女子大生、ＯＬといつも複数の愛人がいる。彼がかねがね、人妻ぐらい落としやすいものはないと豪語していた。若いうちに結婚した箱入り奥さんで、今、夫にかまってもらってない女などそれこそイチコロだと言っていたものだ。

最近会っていないからよくわからないが、ひと頃彼が連れていた人妻のように、純情な奥さんなどめっきり数が減ったのではないか。今の女たちは自分が選び愛している夫をちゃんと操縦し、楽しみを外に持ち、秘密を持つことなく暮らしているような気がして仕方ない。

ああ、恋愛小説家にとってはやりにくい時代である。

「大人のダイエットはメリハリだよ」。わが弟の一言で、目が覚めた私

もはや私のライフワークと化しているダイエットであるが、このところ諦めたといおうか、手をゆるめているといおうか、さぼりがちなのである。原因はお酒と飽食である。ワイン会と称して、ふたつのお楽しみ会をつくっている。気の合った仲間と、わいわい言いながらちょっと高めのワインを飲み合う楽しさときたら、

「これぞ人生の至福の時」

と思わずにはいられない。

またこの頃は、長年タブーだったお鮨にも手を出している。いろんなところで言っているが、私のお鮨の食べっぷりは我ながらすごいと思う。つけ台に置かれたものを次々とたいらげるので、カウンターの向こうのご主人もやたら張り切る。題して「わんこ鮨」。ホイ、ハ、の呼吸で、握る、食べる、という動作が行われるのだ。

仲よし四人ぐらいでレストランの個室を取り、ワインを持ち込んで、だらだら喋る。人に聞かれては困る有名人の秘密や、誰それのワルグチを披露し合う快楽というのは、もはや私の人生の一部となっている。

「もうあと何年も会えるワケじゃなし、もうあと何年も、こんな風に楽しくお酒を飲め合えるワケじゃなし。今を楽しんで何が悪いの!?」

という考えは、もはや居直りというものであろう。

おかげでお腹がぽっこりと出てきた。いや、出てきた、というよりもせり出してきた、といった方が正しいであろう。下腹部に肉がつくのではなく、胃の下から肉が波うっている。この頃のTシャツはストレッチ素材が多いのでみっともない、なんていうもんじゃない。ジャケットで必死に隠しているのだが、多くの人に指摘される。

「おい、肉がはみ出してるぞ」

と、夫にも言われ、親しい友人たちにも言われる。本当に恥ずかしい。そこで思い出すのが、

「ノーブレス・オブリージュ」

という言葉である。これは「美人にはそう生きていく義務がある」と解していただきたい。たとえば青山や白金の昼下がり。ショッピングをしたりお茶をしているマダムたちの美しい

こと。もともと美人の方々が、さらに磨きをかけて中年に向かっていく姿は本当に素晴らしい。私のように髪は寝グセがついていない。美容室でブロウしたばかりのようにつやつや。ちょっとそこまで、というカジュアル感は残したまま、完璧なおしゃれをしている。

雨が降っている日、私は「そろそろお役目ごめん」と決めた靴を履いているのであるが、観察してみると彼女たちは、エナメルのロウヒール。白いパンツの方もいる。おそらく彼女たちの頭の中には「手を抜く」とか「ゆえあってババっちくする」などという言葉はないのであろう。

私のまわりにもそういう人は何人かいるが、みんな憎らしいことに、ワインとおいしいものが大好きだという。一緒に食事すると私よりも食べる人がいる。それなのにどうしてあのプロポーションを維持できるんだろうか。

「ジムで走ってるもの」

と私の友人は言う。ヨガを始めた、という人も多い。が、それだけで私の疑問は解決出来ない。みんなどうやって、目先の快楽と、美しいままでいるという義務を両立しているのであろうか……。

が、答えはなんとうちの弟から引き出されたのである。うちの弟は昨年、東京に単身赴任したとたん、十九キロ体重を落とした。期するところあってダイエットを始めたのである。

わが家は太りやすい家系で、弟もその遺伝子から逃れることは出来なかった。童顔なのにデブ、という気持ち悪いおっさんになってしまったのである。ところが最近妙にすっきりしている。

おととい、今日と、たまたまわが家に泊まったのであるが、そのダイエットの姿勢は男性によくあることであるが、実にストイックだ。だらだらリバウンドする私とまるで違う。夜中に明日の昼食のための野菜を刻み、腹筋と腕立て伏せをする彼の姿には鬼気迫るものがある。なんでもタッパーに入れた野菜と、少量のたん白質を会社に持っていくんだそうだ。

ところが今日は友だちと飲むんだとうきうきしている。おいしいものもどっさり食べるんだそうだ。ふだんの夕食もほとんど野菜だが、イベントの日は食べる。友だちとつき合う。

「メリハリをつけなきゃ、大人のダイエットなんか長続きしないよ。どっちもやらなきゃ」

大痩せした男が言ったので、かなり説得力があった。

「そりゃ一晩食べると太るけど、また立ち直る。また次の日からダイエットする。この心がけが大事だよ。マリコさん」

はい、おっしゃるとおりです。

中年になったからわかる。
嫌われないというのは、大切なことである

人に好かれない人、というのがいる。何かのパーティーや集まりの時に、何とはなしにはずされてしまう人、というのは確かに存在しているようだ。

「私は別に人に好かれなくたって結構。人間、すべての人に好かれるはずないんだし、わかってている人にわかってもらえばいいのよ」

という理屈は、若い時だけに通用するものだ。人間、ある程度の年になれば、知恵を身につけなくてはならない。

ほんの少し前まで、この国に蔓延《まんえん》していたある思想。

「人間勉強していい学校に入るだけが人生ではない。自分の好きな生き方をするのが大切だ」

というアレは、多くのフリーターやニートを生み出した。同じように、

「みんなに好かれなくてもいい」

という考え方は、偏狭なおかしな大人をつくり出しているようである。強烈なものすごく魅力的な個性を持っていない限り、人は他人に好かれた方がいい。何も八方美人になる必要はないけれども、大人になってくればくるほど、友人は本当に大切になってくる。

私はしみじみ思うのであるが、四十代というのは人間関係が一段落《いちだんらく》ついて、友人を仕分けする時である。仕分け、という言葉はきついかもしれないが、ちょうど洋服を整理する時のように、

「これはリサイクルに処分するもの」

「ずっと持っているもの」

と分ける時がくる。同時に相手からも仕分けられる時がくる。それがちょうど年賀状のシーズンなのだ。

私は職業柄、いろんな人に会い、私も人間関係で苦労し、大きなことがわかった。それは男も女も、可愛気のない人はダメということだ。

可愛気とは何であろうか。それはゴロニャンと他人にすり寄っていくことではない。ひと言でいえば、素直でやわらかい心を持っていることであろうか。

知らないことは知らないという。知ったかぶりはしない。人の話をよく聞く。あいづちが

うまい。ごく簡単なことであるが、これが出来るのと出来ないのとでは、人の好かれ方がかなり違ってくるようだ。

　年下の人なのであるが、私がどうも苦手とする女性がいる。私は彼女のワルグチを今まで外で言ったことはないのであるが、ある時女友だちが何人か集まった時、そこにいる女性がみんな彼女に対して同じような考えを持っていることがわかった。

「あの人ってどうして、自分が何でも知っていると思っているのかしら」

「そう、そう、いつも高みからものを言うわよね」

　そういえば彼女の口調の特徴は、

「〇〇は××なのよ」

　とえらく断定的なのである。

　ある時、彼女がオペラについて非難しているのを聞いたことがある。

「あのさ、あなたは、ごくたまにオペラ見るぐらいで、そういう言い方はないんじゃないの」

　私がそれとなく注意したところ、

「私には直感というものがある」

　とのたまい、これには笑ってしまった。

その他、自分のことを一方的に喋りまくる人、暗い人、自慢をする人、他人のワルグチばかり言う人、噂話をする人、というのも人に好かれない。

そのくせ多くの人は、特に女性はこう言うことがある。

「あの人は、ワルグチを言わないから信用出来ない。油断ならないわ」

女としての大切なコミュニケーション能力に欠ける、ということらしい。ここは男性には理解出来ない心理であろう。

ひと頃、私はお酒を飲む時に、人のワルグチを絶対言わないようにしていた。言ったこともないことをよく業界紙に書かれ、叩かれていたころである。

何年か前、私がある文学賞の選考委員に選ばれた時、

「あの作家に受賞させたくない」

と言ったと書かれた。これには本当に驚いた。いつも心でそう思っていたが、固く戒めて他人に漏らしたことなどないからだ。私はいかにも人のワルグチを言いそうなタイプに見えるらしく、かえってとても用心している。いくらお酒に酔っても、編集者の前でうかつなことを喋ったことはない。が、人のワルグチを言わない飲み会はつまらないし盛り上がらない。よってその日のメンバーを見渡し、人間関係、信用度、人柄、テリトリーを細かくチェック。ＴＰＯを選びぬく。

このくらいの知恵がなくて、どうして大人の社交が出来るだろう。私の尊敬する田辺聖子先生がおっしゃった。

「芸のない、人のワルグチを言っちゃダメよ」

メンバーをまず確かめるのも芸のうちである。

ワイドショーを賑わせるあの女優さんを見て、昔と変わらないことのイタさを考えてしまった

今年の秋、流行っているものを見て、つくづく思った。

「ひゃあ、中年女に厳しい選択を迫られるものばっかりじゃないのッ」

ニットがやたら出てきている。私も定番のタートルやアランの他に、薄手のおしゃれなものを買った。エルメス製で衿をシフォンのリボンで結ぶというもの。とてもかわいいデザインで気に入っていたのであるが、ある時座っている姿を後ろの鏡で見て、思わず悲鳴をあげた。背中の肉が波うっているのがはっきりと見えた。

このところジャケットで体型隠しばかりしていたので、ニットを着たい、という心が芽ばえていたのは事実であるが、それにしてもひどすぎる……。

私と同じようなことを考えている友人は多く、よくロングカーディガンのことが話題になる。全員が全員、「あれだけは絶対に手を出さない」と叫んで笑ってしまった。

とにかく太ってだらしなく見える。

若い人なら下にミニやパンツを合わせて、今年っぽく着こなすんだろうけど、

「私が着たら、朝、新聞を取りに行った寝起きのオバさんになるわ」

「私、あの共のベルトが大嫌い。あのベルトをすると、どうやってもウエストが太ーく見えるのよねー」

などと皆でぺちゃくちゃ。私のまわりの人たちは、いろいろ努力の結果、年よりもはるかに若く見える。スタイルだっていい。四十代の友人たちは、どう見ても三十代前半にしか思われないだろう。が、その彼女たちをして、諦めるものは諦めているのである。

流行のアイテムすべてに飛びつかない。これは若い人たちだけのもの、これは私たちもOK、と考え選び抜く行為を、私はとても健全なものだと思う。

それというのも、このところ世間を騒がせているある女優さんの姿を、やたらマスコミで見ているからだ。過去の男性遍歴を綴った暴露本を出したとかで、彼女は今日もずっとワイドショーに出まくっていた。

長いストレートヘア、太い眉、彼女のおしゃれは、いちばん彼女が美しく、人気があった時点で止まっている。四十代後半の彼女は、二十歳の時と全く同じ化粧をしているのである。

それが「老け」をくっきりはっきり見せていることに彼女は気づかない。だってそうでし

ょう。まるで間違い探しクイズみたいだ。一見そっくり同じにしている二つの顔から、同じもの、違っているものを探せ、と言われたら、人は目を凝らして見る。そしてすぐに違いがわかってくる。

彼女の顔は弛み始め、髪は薄くなっている。若い時と同じヘアスタイルをしているつもりでも全然違う。そして特徴的なのは唇だ。

「なるほど、年をとっていくと、唇というのはこういう風に薄く、パワーを失くしていくのだ」

と確認した。

若い時は中心に寄っていた目鼻といったパーツが、次第に外に向かう。全体的に間延びした表情になるのだ。そう、これは間違い探しクイズではなく、女性誌でよくやる、「アンチエイジングとは何か」という特集の、顔の比較のイラストなのだ、ということに私は気づいた。

あーあ、イタイなあ、と私は思った。こんな化粧をしていなければ、私もこんな意地悪な見方はしなかったであろう。せめて彼女が髪を切り、大人の女性にふさわしいショートにしていたら、いや、セミロングでふんわりカールも似合っていたかもしれないのにー！

若い格好をするということは、若さを尊重しているということ。そして若さを尊重するということは、若さに固執しているということでもある。

このかね合いが非常にむずかしい。なんとか「若い格好をする」という段階でとどめてみたいものだと心から思う。

ところでもうひとつ気になる映像がある。今や四十代女性のカリスマとなった桐島かれんさんが車のCMに出ていて、こんなナレーションがあった。

（若さの条件のひとつは）

「娘と同じ歌を歌えること」

だって。これには賛成しかねるなあ。カラオケへ娘と一緒に行って、盛り上がったとしてもそれがどれほどのことじゃ。

私の尊敬する桐島洋子さんは、ご自分のお子さんに決して迎合しなかった。大人が子どもに合わせて下りていくことを何よりも嫌った。こちらを見て、羨ましかったら、早く大人になりなさい。そしたら、大人の文化をちょっと味わわせてあげてもいい、という方であった。

かれんさんが口にした、あのコピーライターのつくった言葉に、お母さまは決して賛成なさらないはずだ。

年末年始、山梨の実家で家事をしながら、親の老後問題について考えた

何年かぶりで大学の同級生の家を訪ねた時のことだ。

こんなに小さかったっけ、こんなに安っぽいつくりだったっけ、と驚いたことがある。私がよく泊めてもらった頃は、とんでもない豪邸に思えたものだ。今はお父様もとうに亡くなり、友人夫婦と老いたお母さんがその家に住んでいる。

考えてみると、子どもが大学生の頃は、その家のお父さんの最盛期だ。会社勤めだったら高い役職に就き、商売だったらうんと順調の時であろう。だからお互いの家を行き来しているうちに、どうしてもコンプレックスや引け目を感じてしまう。そして迎える就職シーズン。この時も親の力が、子どもの行く末を左右する。

「○○君って、親のコネで××へ入るらしいよ」

「えー、どうしてあんな頭の悪いコがー」

「お父さんがさー、○○会社の専務だったんだって。びっくりだよね」

などという会話を当時交わしていたものである。嫌な気分が残ったのを憶えている。

が、この頃は友人たちと本当に気楽につき合えるようになった。もうミエを張る必要がないからである。みんなと話をしていても、親の介護をどうするか、呆けたらどうしたらいいんだろう、という話ばかりである。自分はまだ四十代なのに、父親がすっかり呆けてしまった、と嘆いていた友人もいるほどだ。

ＳＴＯＲＹ世代でも、そろそろ親の老後は深刻になっているのではなかろうか。今年のお正月は何をしていたか、という話になるとはっきりと二手に分かれるから面白い。

親の介護なんて、まだまだ先。だから今年も家中みんなでハワイへ行っちゃった、という友人。しかし別の友人は言う。

「主人の母の具合が悪かったので、ずっとあちらの田舎へ帰ってたわ」

その田舎というのが東北だったり、北海道だったり寒いところだったりすると、

「わー、なんかつらそう」

という声が上がったりする。

実はこの私も、ずうーっと帰省派である。

ひとり上京してから三十数年、必ず郷里に帰り続けている。若い時からそうだ。他の友人

たちがスキーだ、海外旅行だと楽しそうにしている時も、ちゃんと実家へ帰った。年老いた両親もいるし、そういうものだと思っていたからである。

例外は結婚して三年目の暮れとお正月を、ニューヨークで過ごしたことだ。一度でいいから海外でクリスマスを迎えたかったというのが名目だが、本音をいうと、結婚したからにはたまには実家をパスしてもいいのではないかという思いだった。

リンカーンセンターの巨大なツリーはぴかぴかしていたし、うち上げられる花火も綺麗だった。あの年はバブル景気の最後の頃だったたし、家のローンも抱えていない私には余裕があった。セントラルパークに面している一流ホテル、エセックスハウスのスイートに泊まっていたのである。大みそかの夜は、そこでニューヨーク赴任中の友人、たまたまレストランに来ていた日本のスター夫婦（後に二人は離婚する）と一緒にシャンパンを抜いた。

窓からは摩天楼と花火が見え、本当に華やかな夜であった。いつもの年だったら、私は寒い山梨の台所で、手を真赤にして洗い物をしているはずである。

あまりの違いになんだか空恐ろしくなり、山梨の両親に申し訳ないような気持ちになった。それから再び、ずーっと毎年帰省している。老いた親のめんどうをみながら、台所仕事や洗たく、料理をする。料理以外は日頃やりつけていないことばかりだ。すると体は動かないくせに、口は達者な母が終始小言をいう。かなり腹が立つ。

そして帰省などしなくてもいい友人たちを羨ましく思いうかべる。私だって、お正月はハワイへ行きたい。どこかの温泉へ行きたい。

「姑のところなんか行きたくないもん。だから知らん顔してるもん」

と言ってのける友人たちの言葉を思いうかべ、ああ、私は損をしているなアと正直思ったこともある。

が、こうも思い直す。遅かれ早かれ、親の介護というのは必ずやってくるのだ。自分の親であれ、配偶者の親であれ、死に向かう行程は手助けしなくてはならないだろう。帰省というこことで、その練習が出来た私はよかった。のほほんと生きてきて、突然親の介護という課題を与えられると、本当につらいようだ。どうしていいのかわからないと、音を上げる友人を何人も見てきた。訓練が出来ていなかったのだ。

帰省して親の老いと向かい合う。これは親からもらう大きな贈り物という気がする。

ぷよぷよ肉がモテてるって？　ついに私の時代がきた！

あるコラムを読んでいたら、「フランスは、ガキから爺さんまで年増好み」という一節があって笑ってしまった。私はかの国のことはよくわからないが、あちらにいる人に聞いても、確かに成熟した女性に人気があることは確かだ。何年か前まで、カトリーヌ・ドヌーブが人気投票でダントツ一位のお国柄である。

ちなみに私は、十数年以上前、カトリーヌ・ドヌーブと対談したことがある。どこかの女性誌の企画だった。カメラは篠山紀信さんという、豪華グラビアになるはずであったが、悲しいことに私は最悪の状態だったのである。大人になってから急に歯の矯正を思いついて、ブリッジをはめたばかりだった。世界一の美女と会うのに何というていたらくであったろうか。

当然のこと、ドヌーブさんは私に何ら興味も好意も感じないようで、対談は終始ひややかな感じで行われた。最後にさすがと思ったのは、篠山さんのポラ写真を見たドヌーブさんの目がキラリと光ったのである。

そして、

「今度東京に来た時にはあなたに連絡したいので、ここにあなたの電話番号を書いて」

とポラを差し出した。大女優おそるべし。ひと目見て、篠山さんがタダのカメラマンでないと見抜いたわけだ。

余計な思い出話をしてしまった。フランスにおいてはコレットの『青い麦』の例を出すまでもなく、少年は年上の人妻に恋や性の手ほどきを受けることになっている。本当に〝ガキ〟の頃から、「年上の女はいい」というスリコミが行われるらしいのだ。

「日本も早くそんな時代がくるといいのにねえ」

と、このSTORYの編集長に言ったところ、

「とっくにそんな時代になっていますよ」

と、それが特徴のうるんだ目をしばたかせた。

「僕は本当に四十代の女の人っていいと思いますよね。特にぽっちゃりしてるところがいいと思いませんか。痩せた四十代って、そんなに興味がわきませんけど、ふくよかな人っていいナァっていつも見てますすよ」

このあいだ仕事関係者の人とカラオケに行ったそうだ。編集長が歌う間、中年のある女性がタンバリンをうってくれていたそうであるが、

「二の腕のぜい肉がそのためにぽよよーんと揺れるんですけれども、そのエロティックなことといったらありませんよ。僕、うっとりしちゃいましたよ」

ついでに私に、こんなアドバイスをしてくれた。

「男はふくよかな女が好きなんです。僕は四十代だけど、若い男性ほどその傾向があるんじゃないですか。今のハヤシさんのよさをわかってくれるのは、若い年下の男ですよ」

そうか、私はターゲットを間違えていた、ということらしい。が、今さら若い男好みになれるわけでもなく、同世代の中から誰か現れて欲しいものだ。そういえば、私の友人（四十代）の男性がこんなことを言っていたっけ。

「中年の女の人を抱き締める時、こっちの腹も出てるし、向こうも出てるから、ぶつかるんだよね。でもそれがいいんだよなあ。つくづくこの女がいとおしいと思っちゃうよなあ……」

聞いてみると、彼は別にデブ専というわけでもないらしい。が、そう若くない女性の、ぷよぷよしたお肉が大好き、ということだ。

「どうやら私の時代がきた」

と人に言ったところ、

「あなたの肉はあり過ぎ」

と笑われた。どうやら彼らが好きなのは、適度な量のお肉ということらしい。

が、最近こんな記事を読んだ。最近の中年女性は、みんなウェイトが落ちているという。その代わり、コレステロールが上がっているそうだ。それはなぜか。炭水化物を断つ低インシュリンダイエットが定着した結果、その分肉や魚を摂るようになった。よって脂質の分量がぐーんと上がったそうである。

私も炭水化物をやめて、いっきに十数キロ痩せたことがある。あれはとても効果が大きい。その代わり、体力がひどく落ち、毎年のように風邪をひくようになった。

あの頃は冬になるのが怖かった。十一月の声を聞くと、すぐ寝込むような風邪をひき、熱を出したのである。二ヶ月間熱が下がらず、点滴を受けていた年もあった。これ以上熱が続くようだったら、大きな病院で精密検査を受けるようにと言われ、青くなったものだ。今、私は白米やパンをとり、どんどん太ってきた。が、風邪ひとつひいたことがない。ダイエットの見地からはとても嫌われる炭水化物であるが、実は体温を上げてエネルギーの源になる主要な役割があるのだ。

私はお米を見直している。それにお米によって出来たぷよぷよ肉って、清楚でかわいいと思いませんか。肉を脂にする西洋女性の、居丈高のがっしり肉とは違う風情がある。と、自己弁護するつもりはないが、米の国の私たちは米によって中年女性になっていく。そのよさがわからない男性は、つまらぬ美意識しか持っていないと思うのである。

四十代は美しい、そして楽しい。

でもあっという間に終わるものなのである

今回でこのエッセイも一旦お休みである。いろいろなことをとりとめもなく書いてきたが、言いたいことはただひとつ、

「どうやったらオバさんにならないか」

ということだったような気がする。

おしゃれに気を遣い、いろいろな美容法を試したとしても、体は変化していく。それはもうどうしようもないことだ。

薬局へ行き、生理用品をまとめ買いしようとして私の手が止まる。ふと考える。

「いま買ったとしても、来月どうなるかわからないしな。こういうもんは余らせるともったいないもんなァ」

その話をすると、まわりの友人たちが「わかる、わかる」といっせいに声をあげた。別に

終わってしまうことへの怖れや悲哀というものでもない。ただ、用がなくなったとしたら、かさのある生理用品を捨てるでもなく、うちに置いておくのがイヤなのだ。が、いずれその日はやってくる。そういう時はバサッと躊躇《ちゆうちよ》なく捨てたいものだ。

そう、女性特有の器官だけでなく、体のディテールがどんどん変わっていくのにも驚かされる。足の踵《かかと》は常にクリームをすり込んでおかなければすぐにガサガサになってしまう。早い話が体中の水分が、若い時に比べてすっかり少なくなっているのである。

よく指をなめながら本をめくる女性を見て、サイテーと思っていた。スーパーの袋でも開く前に指をぺろりとなめる人がいる。どうしてそんなことをするんだろうと見るたびにぞっとしたのであるが、二年前にスーパーの台前で私は愕然とする。スーパーの袋の持つところが、指でこすってもするりと開いてくれないのだ。

「ウソーッ」

と焦って何度もやったがうまくいかない。私は仕方なく、爪を嚙むようなふりをして親指をしめらせた。これはもう「必要悪」というものだと居直り、こっそりと指をなめる。そんな自分にかすかな嫌悪感を持っていたのだが、ある女性誌の投稿欄にこんな箇所を見つけた。その女性もやはりスーパーの袋を開く際に困ってしまう。が、指をなめるのも絶対に嫌だ。どうするかというと、魚や肉のパックの水分を利用するというのである。私はうなった。こういう小さな心がけこそが、いちばん「オバさん化」を防ぐのではないだろうか。

それにしても過ぎてしまった四十代を振り返ると、四十代などというのは完全に女盛りである。ちょっと気をつけている女性だったら、本当に若く美しい。私はよく言っていることであるが、現代において仕事を持っている女性は独身と同じである。仕事を持っている四十代の女性を見ていると、全く所帯くさくない。よくお酒や食事にもつき合ってくれるし、こっそりと恋をしている人も多い。

が、楽しく充実した四十代はあっという間に終わる。問題は五十代であろう。五十代になると、はっきりと老いはしのびよってくる。冒頭述べたように、更年期を迎えることになるし、体は内部から変わってくる。水分がなくなるどころではない。顔のシワや弛みはどうにか容認出来たり誤魔化すことが出来ても、髪は薄くなり、歯は悪くなり、体型は全体に丸っこくなる。

が、こんな五十代でも選ばれた女性はやはり綺麗だし、恋をしていくのだ。彼女たちを見ていると、もはや「生のエリート」と言いたくなる。特別の生命力と魅力に溢れているのだ。彼女たちのようになるにはとても無理だとしても、せめて本物のオバさんにはなるまいと思う。オバさんにはならず、若い人には手の届かない魅力を持つ。それはただひとつ洗練されることではないか。この洗練という言葉は非常にむずかしい。華やかでもないし地味でもない。知性も大切な要素であるが、それだけの女性もカッコ悪い。

ある時「洗練」という文字を見て気づいた。洗われて練れていくことなのだ。つまり過剰なくらいいろいろなものを持っていた人が、次第にそぎ落とされていくことを言うのではないか。最初から質素な人は洗練には届かないのではないか。

五十代の素敵な女性を見ていると、二十代、三十代のイケイケ時代がある。時代もひたすら派手なエネルギーを要求していただろう。そういう時に青春をおくった女性が四十代に入り、内的なものを身につけ、外側のいらないものを捨てて行く。そして五十代に入った時に、しんのおしゃれやセンスを身につけられるのではないか。何度でも言う。四十代は美しい、楽しい。けれども短い。あっという間に終わる。けれども、底力は蓄えておくべき時代なのである。

二〇〇七年七月　光文社刊

光文社文庫

「綺麗《きれい》な人《ひと》」と言《い》われるようになったのは、
四十歳《よんじっさい》を過《す》ぎてからでした
著　者　林《はやし》　真《ま》　理《り》　子《こ》
2010年5月20日　初版1刷発行
2014年8月10日　9刷発行

発行者　鈴　木　広　和
印　刷　慶　昌　堂　印　刷
製　本　ナショナル製本

発行所　株式会社　光　文　社
〒112-8011　東京都文京区音羽1-16-6
電話　(03)5395-8149　編　集　部
8116　書籍販売部
8125　業　務　部
© Mariko Hayashi 2010
落丁本・乱丁本は業務部にご連絡くだされば、お取替えいたします。
ISBN978-4-334-74789-3　Printed in Japan
JCOPY ＜(社)出版者著作権管理機構 委託出版物＞
本書の無断複写複製(コピー)は著作権法上での例外を除き禁じられています。本書をコピーされる場合は、そのつど事前に、(社)出版者著作権管理機構(☎03-3513-6969、e-mail : info@jcopy.or.jp)の許諾を得てください。
組版　慶昌堂印刷

お願い　光文社文庫をお読みになって、いかがでございましたか。「読後の感想」を編集部あてに、ぜひお送りください。

このほか光文社文庫では、どんな本をお読みになりましたか。これから、どういう本をご希望ですか。

どの本も、誤植がないようつとめていますが、もしお気づきの点がございましたら、お教えください。ご職業、ご年齢などもお書きそえいただければ幸いです。当社の規定により本来の目的以外に使用せず、大切に扱わせていただきます。

光文社文庫編集部

光文社文庫　好評既刊

現場に臨め　日本推理作家協会編
人恋しい雨の夜に　日本ペンクラブ編　浅田次郎選
ただならぬ午睡　日本ペンクラブ編　江國香織選
こんなにも恋はせつない　日本ペンクラブ編　唯川恵選
痺れる　沼田まほかる
犯罪ホロスコープI　六人の女王の問題　法月綸太郎
虚の王　馳星周
いまこそ読みたい哲学の名著　長谷川宏
真夜中の犬　花村萬月
二進法の犬　花村萬月
あとひき萬月辞典　花村萬月
私の庭　浅草篇（上・下）　花村萬月
私の庭　蝦夷地篇（上・下）　花村萬月
私の庭　北海無頼篇（上・下）　花村萬月
スクール・ウォーズ　馬場信浩
崖っぷち　浜田文人
CIRO　浜田文人

機密　浜田文人
善意の罠　浜田文人
「どこへも行かない」旅　林望
古典文学の秘密　林望
着物の悦び　林真理子
「綺麗な人」と言われるようになったのは、四十歳を過ぎてからでした　林真理子
私のこと、好きだった？　林真理子
東京ポロロッカ　原宏一
密室の鍵貸します　東川篤哉
密室に向かって撃て！　東川篤哉
完全犯罪に猫は何匹必要か？　東川篤哉
学ばない探偵たちの学園　東川篤哉
交換殺人には向かない夜　東川篤哉
中途半端な密室　東川篤哉
ここに死体を捨てないでください！　東川篤哉
殺意は必ず三度ある　東川篤哉
はやく名探偵になりたい　東川篤哉

光文社文庫　好評既刊

白馬山荘殺人事件　東野圭吾
11文字の殺人　東野圭吾
殺人現場は雲の上　東野圭吾
ブルータスの心臓　完全犯罪殺人リレー　東野圭吾
犯人のいない殺人の夜　東野圭吾
回廊亭殺人事件　東野圭吾
美しき凶器　東野圭吾
怪しい人びと　東野圭吾
ゲームの名は誘拐　東野圭吾
夢はトリノをかけめぐる　東野圭吾
ダイイング・アイ　東野圭吾
あの頃の誰か　東野圭吾
カッコウの卵は誰のもの　東野圭吾
約束の地（上・下）　樋口明雄
ドッグテールズ　樋口明雄
僕と悪魔とギブソン　久間十義
リアル・シンデレラ　姫野カオルコ

独白するユニバーサル横メルカトル　平山夢明
ミサイルマン　平山夢明
いま、殺りにゆきます　RE-DUX　平山夢明
非道徳教養講座　平山夢明　児嶋都 絵
生きているのはひまつぶし　深沢七郎
東京難民（上・下）　福澤徹三
いつまでも白い羽根　藤岡陽子
ストーンエイジCOP　藤崎慎吾
ストーンエイジKIDS　藤崎慎吾
ストーンエイジCITY　藤崎慎吾
雨月　藤沢周
オレンジ・アンド・タール　藤沢周
たまゆらの愛　藤田宜永
群衆リドル　Yの悲劇'93　古野まほろ
絶海ジェイル　Kの悲劇'94　古野まほろ
現実入門　穂村弘
ストロベリーナイト　誉田哲也